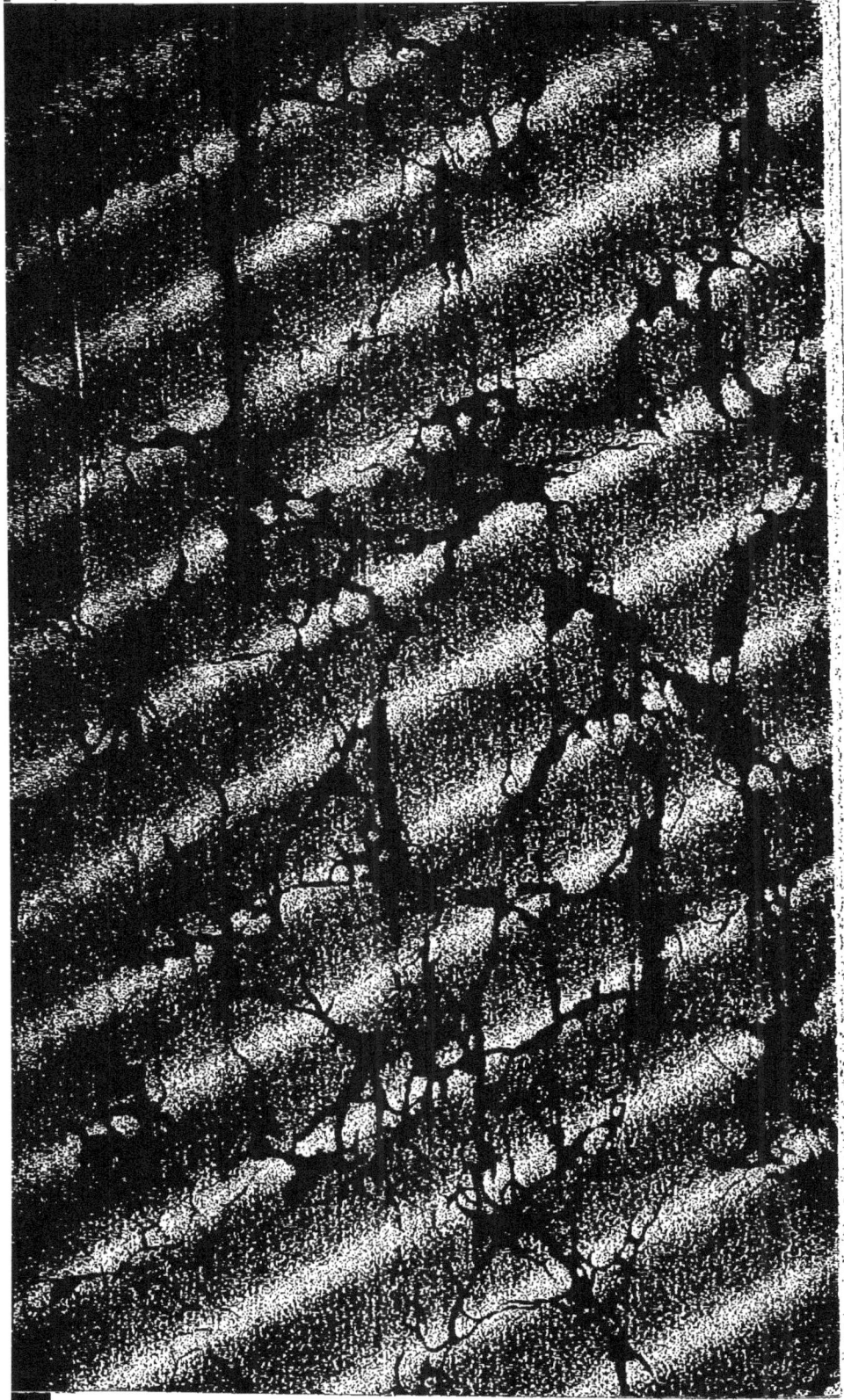

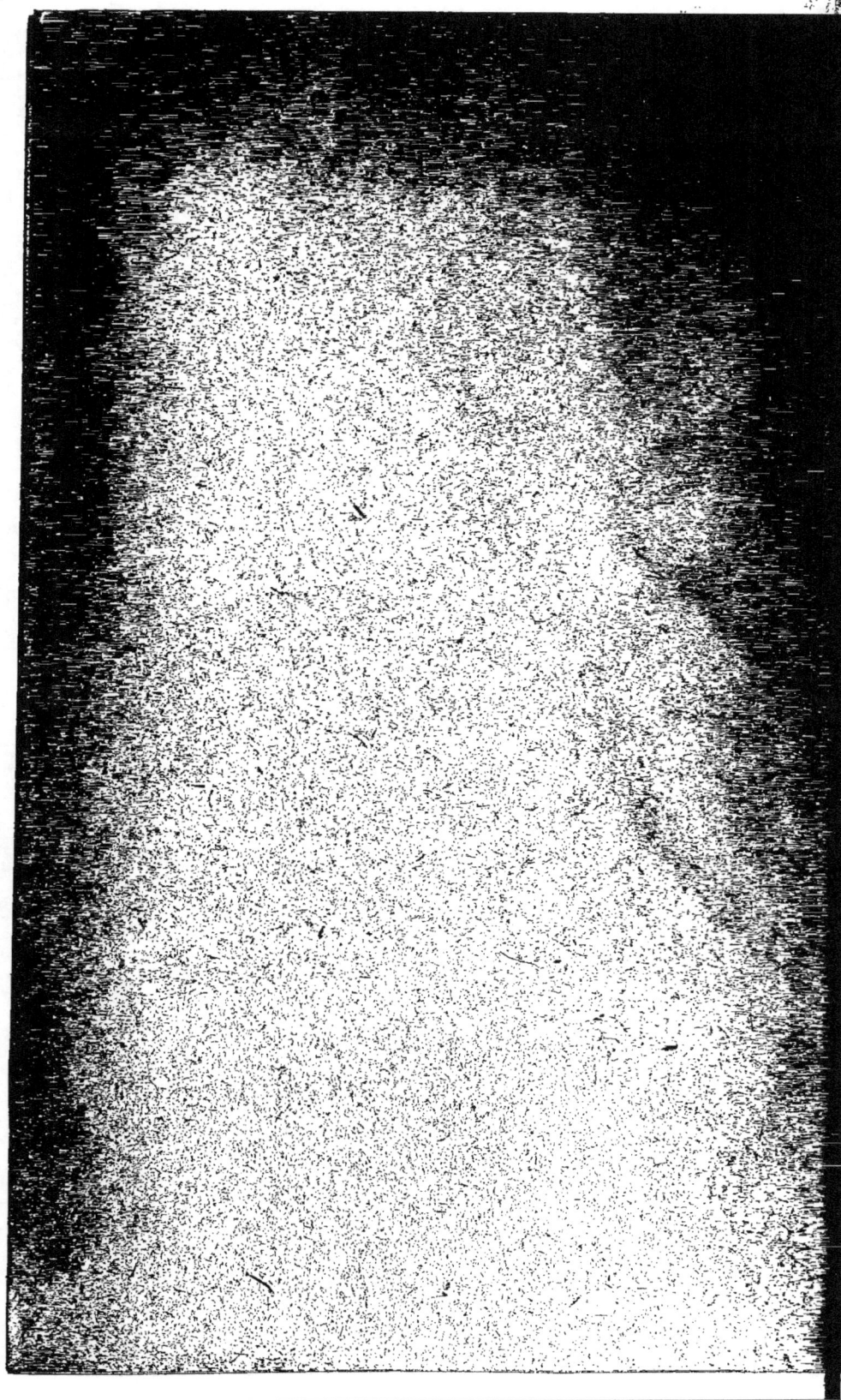

CLARISSE

PAR

ERNEST DAUDET

PARIS

E. PLON et Cie, IMPRIMEURS-ÉDITEURS

10, RUE GARANCIÈRE

Y^2

233

CLARISSE

A LA MÊME LIBRAIRIE

DU MÊME AUTEUR

La Marquise de Sardes. Un volume in-18 : 3 fr. 50.

Les Persécutées : Un volume in-18. Prix : 3 fr. 50.

Daniel de Kerfons (Confession d'un homme du monde). Deux volumes in-18. Prix : 7 fr.

PARIS. TYPOGRAPHIE DE E. PLON ET Cⁱᵉ, RUE GARANCIERE, 8.

CLARISSE

PAR

ERNEST DAUDET

PARIS

E. PLON et Cie, IMPRIMEURS-ÉDITEURS

10, RUE GARANCIÈRE

1879

Tous droits réservés

CLARISSE

Toute vie humaine compte à son déclin de
solennelles journées consacrées par quelque
puissant souvenir. Le soleil qui se leva, le
28 avril 1856, sur le petit hôtel qu'occupait
la baronne Garnay éclaira pour elle une de
ces journées mémorables. Veuve de l'illustre
chimiste Garnay, à qui la science est rede-
vable de découvertes importantes, cette
aimable femme, déshabituée, depuis la
mort de son mari, des joies de l'existence,
attendait son fils unique, Adrien Garnay,
arrivé sain et sauf d'un long voyage à tra-

vers le continent africain. Une dépêche
reçue la veille annonçait à la baronne le
débarquement à Marseille du savant voyageur, qui venait, à trente-deux ans, d'ajouter à la notoriété de son nom une notoriété nouvelle et de couronner sa réputation
d'explorateur par une excursion courageuse
aux lointains pays dont Speke, Burton,
Grant, Baker, Livingstone, Stanley, d'autres encore devaient bientôt entreprendre
de révéler au monde les secrets.

La baronne était en grand émoi. Pendant
les trois années écoulées depuis le départ de
son fils, elle avait subi de si cruelles angoisses, versé tant d'amères larmes, tremblé si
souvent sur le sort d'Adrien, qu'elle n'osait
croire au bonheur de le revoir. Elle allait et
venait dans sa maison voilée de tristesse,
qui, semblable au château de la Belle-au-
bois-dormant, sortait d'un sommeil profond
pour faire fête au revenant.

Elle avait voulu veiller elle-même à l'arrangement de la chambre longtemps déserte dont son enfant bien-aimé allait enfin reprendre possession. Elle donnait ses ordres, gourmandant et encourageant tour à tour ses domestiques, riant et pleurant, s'arrêtant parfois brusquement, comme pour se rattacher à la réalité de ces heures enchantées dont la douceur dédommageait son cœur des privations et des souffrances passées. Puis, ne pouvant tenir en place, elle regrettait que les infirmités d'une vieillesse précoce l'eussent empêchée de voler à Marseille au-devant d'Adrien. Elle dévorait du regard toutes les pendules de l'hôtel et maudissait la lenteur des aiguilles poursuivant, insensibles et froides, leur marche régulière sur le cadran nacré.

Enfin, vers le soir, la voiture que la baronne avait envoyée à la gare entra dans la cour avec un grand bruit. Madame Garnay se précipita, portée en quelque sorte par des ailes invisibles, et arriva sur le perron pour tomber, éperdue, entre les bras de son enfant.

— Mon fils !

— Ma mère !

On n'entendit plus rien qu'un long bruit de baisers, auquel succéda un sanglot. Comme les grandes douleurs, les grandes joies ont aussi leurs larmes. Brisée par son bonheur, la baronne n'avait pu retenir les siennes. Suspendue au bras de son fils, elle remonta dans sa chambre et s'assit. Adrien se mit à ses pieds, bien ému aussi, et les effusions de leurs deux cœurs, si longtemps séparés et si délicieusement troublés, se prolongèrent jusqu'à une heure avancée de la nuit.

Adrien Garnay était d'une taille moyenne, et chacun de ses mouvements trahissait sa vigueur et sa souplesse. Encadré par de

longs cheveux qui commençaient à grison-
ner, éclairé par des yeux bleus, caressants
et profonds, où se révélaient les sensations
d'une âme vaillante, son visage, auquel une
barbe épaisse et noire donnait une expression énergique, montrait la trace des dures
fatigues et des émotions violentes d'un
voyage pendant lequel l'intrépide jeune
homme avait manqué souvent des choses
nécessaires à la vie et vu ses jours en péril.
Un cercle de bistre ceignait ses yeux; ses
joues amaigries conservaient la marque des
morsures du soleil, impitoyable bourreau
quand il n'est pas un ami secourable. Sur
les traits, dans le regard, dans les gestes,
dans la démarche, dans l'accent, éclataient
l'énergie indomptable et l'ardeur enthou-
siaste que ce soldat de la civilisation gardait
encore à la science. Il s'était donné à elle
tout entier; elle pouvait compter sur lui.

A peine arrivé, il songeait à repartir pour

entreprendre d'autres conquêtes; mais sa
mère goûtait en ce moment une félicité trop
douce pour se laisser troubler par des craintes
prématurées, et nul souci ne vint se mêler
à son bonheur. Elle contemplait son fils avec
orgueil. Maintenant qu'il lui était rendu,
elle oubliait, en écoutant ses récits, les douleurs de l'absence pour ne songer qu'à la
gloire qu'il venait d'ajouter à son nom. Elle
n'ignorait pas que les sociétés savantes de
l'Europe attendaient avec impatience les
communications du voyageur. Elle savou-
rait par avance les louanges méritées par le
noble enfant que ses entrailles étaient fières
d'avoir porté.

La soirée s'écoula, les heures passèrent
dans cette intimité tendre et réparatrice;
puis, à travers les persiennes closes, derrière
les vitres, de claires lueurs d'aurore annon-
cèrent le jour. Dans le jardin de l'hôtel, un
chant d'oiseau éclata, mélodieux.

— Je vous ai fait veiller, chère mère, dit Adrien.

— Il y a longtemps que cela ne m'était arrivé, répondit la baronne; néanmoins je ne ressens aucune fatigue. Mais toi-même, mon enfant, tu as besoin de repos, et je m'en veux de t'avoir retenu.

Adrien se leva en souriant, embrassa sa mère, et, au lieu de s'éloigner, demeurant debout devant elle, il reprit :

— Pour vous plaire, j'ai beaucoup parlé de moi, et vous ne m'avez guère parlé de vous. J'espère que vous me dédommagerez.

— Oh! ma vie s'est écoulée paisible et triste; je te l'aurai bientôt racontée; elle ne contient aucun incident qui mérite un souvenir.

— Ma mère, vous oubliez la mort de mon cousin de Neyrolles, objecta Adrien d'un ton de reproche.

— C'est vrai, je l'oubliais, répondit froidement la baronne, dont le visage prit une expression dédaigneuse et grave; ce malheureux est mort peu de mois après ton départ. Ne te l'ai-je pas annoncé?

— Il n'en est pas question dans votre correspondance, et je n'en saurais rien, si madame de Neyrolles ne m'avait appris ses malheurs.

— Elle a osé t'écrire!

— J'ai trouvé au Caire trois lettres d'elle parmi celles que vous m'aviez renvoyées.

— Que disaient-elles, ces lettres?

— La première, datée du jour même de la mort de Gaston, m'annonçait ce douloureux événement; la seconde me faisait connaître qu'insensible aux infortunes de la malheureuse veuve, vous aviez refusé nonseulement de vous intéresser à elle, mais même de la recevoir, et que, pour suffire à ses besoins et assurer une petite fortune à sa fille, elle était contrainte de rentrer au

théâtre; enfin, dans sa troisième lettre, envoyée il y a un mois à peine, ma cousine
m'apprend qu'atteinte d'une maladie de
poitrine, elle craint de mourir et confie sa
fille à ma sollicitude, l'accueil que vous lui
fîtes jadis ne lui permettant pas d'espérer
que vous consentiriez à venir en aide à cette
enfant.

La baronne avait écouté Adrien, silencieuse et les yeux baissés. Quand il s'arrêta,
elle leva la tête et dit simplement :

— J'espérais que tu ne me parlerais jamais de cette femme.

— Elle porte le nom de votre père ; elle
l'a reçu de votre neveu.

— Une comtesse de Neyrolles qui a osé
monter sur les planches, objecta madame
Garnay avec amertume.

— Ne fallait-il pas qu'elle vécût, ma mère,
répondit Adrien, et qu'elle fît vivre sa fille ?
Demeurée veuve, privée de tout secours,

1.

elle a repris son ancienne carrière sous le nom qu'elle avait déjà rendu célèbre. Elle ne pouvait rien faire de mieux, et nous avons d'autant moins le droit de la blâmer qu'elle est, par ses vertus et son courage, digne de tous les respects; oui, ma mère, de tous les respects et même du vôtre.

La baronne interrompit brusquement son fils :

— Écoute-moi, mon enfant : tu connais mes sentiments sur le mariage de ton cousin. J'ai eu occasion de te les exprimer en d'autres temps, et il est inutile d'y revenir. Sache seulement qu'ils n'ont pas changé, et qu'à vouloir les modifier, tu perdrais ta peine et ton éloquence. Ce que je pensais, il y a dix ans, du caractère coupable de certaines mésalliances, je le pense encore. Ne trouble donc pas par des instances nouvelles et inutiles la joie que m'a causée ton retour. Ne la trouble pas, je t'en supplie, et cesse de me parler de madame de Neyrolles.

— Voilà un arrêt bien sévère, fit Adrien, douloureusement surpris. Il ne me laisse d'autre ressource que celle de l'obéissance, et j'obéis; mais vos rigueurs contre la fille de Gaston n'empêcheront pas qu'il y ait par le monde une orpheline issue de votre sang, et contribueront peut-être à la perdre irréparablement, tandis qu'un peu de compassion pour elle, qu'un peu de clémence pour la mémoire de ses parents la sauverait.

— Je ne la connaîtrai pas plus que je n'ai connu sa mère, qui d'ailleurs n'est pas encore morte, puisque son nom figurait il y a huit jours sur l'affiche de la Comédie-Française.

A ces mots prononcés du ton le plus dédaigneux, Adrien comprit l'inutilité de cet irritant entretien, et, sans ajouter une parole, il prit congé de la baronne; mais il était résolu à ne pas abandonner cette fille de Gaston menacée de devenir orpheline, à qui sa mère refusait impitoyablement toute protection, et dont il nous reste à raconter la naissance avant de poursuivre ce récit.

Quelles que soient l'indifférence et la mobilité du public parisien, la fidélité qu'exceptionnellement il garde à certaines mémoires immortalisées par son admiration permet de supposer que le nom de Georgette Harris, qui fut, il y a vingt ans, une des étoiles de la maison de Molière, évoquera de doux souvenirs dans la pensée de plusieurs de nos lecteurs, souvenirs à travers lesquels ils reverront, dans tout l'éclat de sa grâce souveraine, cette comédienne incomparable dont le talent égalait le charme, dont l'esprit égalait la beauté, et qu'une mort prématurée enleva à l'art qu'elle aimait et aux amis qui l'idolâtraient.

Son histoire tenait du roman. Née à New-

York de parents français, arrivée à Paris toute petite avec sa mère, veuve d'un pianiste que l'espoir de faire fortune avait conduit aux États-Unis, où il n'avait rencontré que la misère et la mort, Georgette était entrée à la Comédie-Française à vingt ans, en quittant le Conservatoire. De la vie de théâtre, débarrassée pour elle de toutes les amertumes des débuts, elle n'avait connu que les douceurs; nous entendons par là les enivrements des succès précoces, les entraînements d'une gloire naissante, le prestige d'une beauté radieuse.

Des séductions puissantes se dressaient sous les pas de Georgette; elles lui arrivaient chaque jour, chaque soir, bouquet odorant formé des sentiments inspirés par ses attraits; elle y résista cependant et demeura pure. Pendant deux années, sa chasteté portée simplement, mais fièrement, fut pour les Parisiens frondeurs et railleurs un

problème irritant, à la solution duquel
s'attachèrent tous ceux pour qui l'amour
est la grosse affaire et qui, au lieu de le
demander au mariage, le cherchent dans
les coulisses et partout où les femmes se
montrent avides et faciles.

Pour la protéger contre de si pressants
périls, Georgette Harris n'avait eu d'abord
d'autres armes que le respect de soi-même,
le mépris des aventures vulgaires, l'horreur
du désordre et un attachement passionné à
son art. Plus tard, elle eut l'amour, un
noble amour enfoui au fond de son cœur,
longtemps ignoré de celui qui en était
l'objet et qu'on nommait Gaston de Neyrolles.

Orphelin depuis l'enfance, ayant laissé
son patrimoine à tous les buissons de la vie
galante, le comte de Neyrolles ne possédait
d'autre fortune que son nom et sa jeunesse
brillante comme un lever du soleil. Lorsque

Georgette le vit pour la première fois, au foyer du théâtre, un soir de première représentation, il était à bout de ressources et venait d'autoriser sa tante, la baronne Garnay, qui voulait le tirer de peine, à lui chercher quelque part une héritière dont la dot reconstituerait son opulence compromise. En attendant, il vivait d'expédients ; il jouait, il empruntait, il spéculait, cherchant à s'initier aux procédés à l'aide desquels les hommes d'argent dépouillent les innocents et les dissipateurs et réalisent à la Bourse une fortune rapide. Le bel oiseau voulait changer de plumage, le pigeon aspirait à devenir vautour.

Gaston de Neyrolles fréquentait alors le foyer de la Comédie-Française, rendez-vous quotidien de quelques hommes d'esprit appartenant à l'élite du monde par leur naissance, leur fortune ou leur talent. C'est là que Georgette le vit : elle l'aima presque aussitôt, et pendant trois mois fut seule à connaître cet amour entré par surprise et l'on ne sait comment dans son âme réputée inaccessible.

Attiré déjà par la grâce candide de Georgette, désireux d'ajouter le nom de cette adorable fille à la longue liste de ses maîtresses, ayant pressenti peut-être quel empire il était destiné à exercer sur elle, Gaston de Neyrolles commençait à lui faire la cour. Il prenait plaisir à converser avec elle ; c'étaient de longs entretiens au cours desquels, doucement, finement, sans l'effaroucher, il versait dans ce cœur plein de lui une irrésistible séduction. Un soir, il se montra plus éloquent que de coutume. Georgette fut touchée ; son secret s'échappa de ses lèvres, et l'amour désarma sa vertu.

Quand, vaincue dans sa résistance, elle n'eut plus rien à refuser à son amant, elle fut saisie d'un déchirant désespoir. Les

grandes catastrophes seules ont ces lende-
mains amers. A la douleur d'être devenue
semblable à tant d'autres, qui jusqu'à ce
jour avaient été l'objet de sa pitié et dont
elle comprenait maintenant la faiblesse, se
joignait chez cette créature privilégiée la
crainte d'être délaissée par Gaston, lorsque
serait apaisée la fougue à laquelle elle avait
succombé. Elle se résigna cependant,
passant fière et triste à travers les calomnies
soulevées par une faute inattendue autant
que soudaine, qu'elle n'avait pas su ou
voulu taire, et se prépara à mourir le jour
où son rêve prendrait fin.

La réputation de Gaston était bien faite
pour lui causer ces vives alarmes. Mais, en
cette circonstance, contrairement à ce
qu'elle redoutait, il se révéla meilleur que
sa réputation. Une coïncidence heureuse
voulut qu'au moment même où il pouvait
mesurer l'étendue de la tendrese qu'il avait

inspirée, une spéculation bien conduite vînt momentanément l'enrichir et lui faire croire que la Bourse et le jeu suffiraient à rétablir sa fortune. Il avait toutes les surperstitions du joueur ; il fut vivement ému par la simultanéité de son double bonheur. Georgette devint pour lui un fétiche ; il lui attribua l'étrange privilége de rendre le destin propice à ses vœux, et ne voulut plus entendre parler d'une autre femme.

Une affection passionnément dévouée, une adoration de toutes les heures, une immolation constante à ses volontés, tous les traits par lesquels elle se livra complétement, achevèrent de l'emporter dans un entraînement de passion qui fit de lui l'amant le plus épris et de Georgette la femme la plus fortunée, d'autant plus fortunée que de son violent amour elle n'avait rien espéré de si bon ni de si beau.

Quelques semaines plus tard, lorsque la

baronne Garnay vint, fière et joyeuse, annoncer à son neveu qu'elle avait découvert pour lui une jeune fille riche, jolie, parée de toutes les vertus, il déclara tout net qu'il ne voulait plus se marier. Comme madame Garnay, surprise et déçue, s'efforçait de le ramener à d'autres sentiments :

— N'insistez pas, chère tante, dit-il. Si jamais je donne mon nom à une femme, ce sera à celle que j'aime, à elle, et non à une autre.

Cet acte d'indépendance lui ferma la porte de sa vieille parente et le rattacha plus étroitement encore à Georgette Harris. Ce fut la première étape de leur long bonheur. Ils connurent toutes les joies d'une tendre affection partagée. Le destin qui préside aux opérations des spéculateurs audacieux ne cessait de favoriser les entreprises de Gaston, écartait de lui les soucis et les inquiétudes auxquels l'amour lui-même, à ce qu'on as-

sure, ne résiste pas. Les succès de la jeune
comédienne augmentaient à l'égal de sa félicité, et de si complètes satisfactions paraient
de tant de charme l'affection de Gaston
qu'elle cessa de douter de sa durée.

L'année suivante, elle mit au monde une
fille qu'on nomma Clarisse. Quelques heures
après la naissance de cette enfant, tandis
que Gaston, de bout entre le lit de Georgette
et le berceau de Clarisse, leur prodiguait
à l'une et à l'autre d'ardentes paroles et de
doux sourires, expression d'un cœur recon-
naissant et satisfait, il surprit deux larmes
dans les yeux de la mère.

— Qu'as-tu, ma chérie? demanda-t-il,
inquiet.

Elle garda le silence, et de nouveaux pleurs
mouillèrent ses joues. Alors il se pencha
sur elle; d'un accent où se révélait la pro-
fondeur de ses sentiments, il la supplia de
lui répondre. Elle céda, et, pour la première

fois, lui révéla l'inquiétude et l'angoisse qui depuis neuf mois étreignaient son cœur.

— Je songe à l'avenir, dit-elle, et je me demande en tremblant, mon cher aimé, si cette pauvre petite aura le droit de connaître son père.

Un beau sourire illumina le visage de Gaston.

— La pauvre petite n'est pas à plaindre! s'écria-t-il, ravi par avance de l'immense joie qu'il allait causer à cette Georgette qu'il chérissait comme la plus pure, la plus noble, la plus dévouée des compagnes. Non! la pauvre petite n'est pas à plaindre : elle est la fille du comte de Neyrolles; elle portera honorablement le nom de son père, qui est aussi le tien, ma femme.

Georgette le regardait éperdue. Il ajouta gaiement :

— Allons, madame la comtesse, embrassez-moi.

— O mon cher mari, murmura Georgette, délicieusement troublée, en posant sa tête contre ce cœur loyal en qui les perversités d'une vie de plaisirs n'avaient altéré ni la grandeur d'âme ni la noblesse de sa race, et qu'un amour sincère venait de régénérer.

Le mariage eut lieu six semaines plus tard. Ce fut le dernier coup porté aux relations du comte de Neyrolles avec sa tante Garnay, déjà compromises l'année précédente par son refus de se marier. La baronne déclara publiquement dans plusieurs salons qu'elle ne connaissait plus son neveu.

— Je regrette, dit-elle, qu'il ne soit pas mon héritier; j'aurais affirmé avec éclat ma désapprobation en le privant de tous ses droits à ma fortune.

L'unique héritier de la baronne était son fils Adrien, alors âgé de vingt-trois ans, absorbé déjà par les études scientifiques et

sa passion pour les voyages. Entre tous les
parents du comte de Neyrolles, il fut le
seul qui refusa d'approuver et de partager
l'irritation de sa mère. Après avoir essayé
vainement d'en atténuer les effets, il voulut
donner à son cousin un témoignage de sa
sympathie. Il assista au mariage et vint
embrasser, dans la sacristie de la chapelle
de l'Assomption, la nouvelle comtesse, dont
la beauté justifiait, selon lui, l'amour de
Gaston. En la quittant, il lui adressa ces
paroles :

— Je suis si souvent absent de France,
ma chère cousine, que je ne sais à quelle
époque il me sera donné de vous revoir;
mais, si jamais vous jugiez que, quoique
éloigné, je peux vous servir, daignez re-
courir à moi comme à un ami fidèle.

— Voilà un engagement que tu n'ou-
blieras pas, Georgette, dit Gaston de Neyrolles à sa femme, en serrant avec effusion les

mains d'Adrien. Merci, toi! ajouta-t-il; tu ne sauras jamais quelle joie tu viens de me causer, ni de quelle inquiétude tu m'as délivré.

A la suite de son mariage, Georgette Harris
abandonna la Comédie. D'unanimes sympathies et de flatteurs regrets accompagnèrent
son départ. Elle quittait la scène, à vingt-
quatre ans, n'ayant encore cueilli que les
fleurs de la vie, sans avoir connu la douleur
qui complète les âmes. Elle marchait dans
la réalité souriante comme dans un rêve
heureux, et ce bonheur sans trouble devait
durer neuf ans.

Aux environs de Paris, Gaston, tout entier à ses nouveaux devoirs, s'était créé une
délicieuse retraite : une maison élégante et
confortable, entourée d'un vaste jardin, au
milieu d'un paysage pittoresque. C'est là
que Georgette vécut, adorant son mari, éle-

vant sa fille, bornant ses désirs, ne songeant qu'à rester éternellement l'idole de celui à qui elle devait le sort dont elle jouissait et qui, pour lui assurer une large aisance, s'était mis au travail courageusement, entreprenant avec prudence et souvent avec succès des spéculations financières ou industrielles.

Le comte et la comtesse de Neyrolles connurent donc et goûtèrent, dans ce qu'elles ont de plus doux, les félicités que peut donner la vie et auxquelles la grâce ingénue de leur petite Clarisse vint bientôt ajouter un charme exquis dont la puissance s'accrut à mesure que l'enfant grandissait.

Malheureusement, ces félicités trouvèrent leur terme dans une catastrophe affreuse autant que soudaine. Gaston montait à cheval tous les jours. Un matin, il partit comme de coutume pour sa promenade, après avoir embrassé sa femme. Une heure après, on

le rapportait, les membres brisés, dans sa
maison, où il mourut le soir, sans avoir repris connaissance.

Ainsi, sans être préparée à l'événement
qui la faisait veuve et lui enlevait, dans
celui qu'elle avait éperdûment aimé, le
père de son enfant, son ami le plus tendre
et son unique soutien, madame de Neyrolles vit s'écrouler tout à coup l'édifice de
joie et d'amour qu'elle croyait inébranlable. Qu'allait-elle devenir ? Son mari,
jusqu'à ce moment, lui avait procuré une
existence opulente, mais non une fortune.
Les ressources qu'elle trouva dans sa suc-
cession ne pouvaient suffire longtemps à ses
besoins; puis la soudaineté du trépas de
Gaston provoqua dans son esprit d'inquié-
tantes réflexions. Elle ne put songer sans
effroi qu'elle aussi était exposée à mourir
brusquement sans laisser d'héritage à sa
fille.

C'est cet effroi qui la décida à reprendre son ancienne carrière. Elle s'y résigna, non sans larmes, car elle se sentait déshabituée de sa vie passée, car elle ignorait si elle retrouverait les faveurs du public auprès duquel, depuis neuf ans, elle ne vivait plus, car enfin elle comprenait que la place de la comtesse de Neyrolles n'était pas sur les planches d'un théâtre. Mais quelle carrière lui convenait mieux cependant que celle qui jadis lui avait assuré de si brillants triomphes? Et puis à qui s'adreser? Adrien Garnay, dont elle se rappelait l'engagemeut et qu'elle avait vu deux fois depuis son mariage, parcourait l'Afrique. Échapperait-il aux dangers de ce long voyage? Vivait-il encore? Reviendrait-il jamais? A défaut de lui, sur qui compter? Georgette était trop fière pour persister à implorer la pitié de la baronne qu'une seule démarche venait de lui révéler impitoyable.

2.

A l'expiration du deuil de madame de
Neyrolles, le nom de Georgette Harris re-
parut sur l'affiche du Théâtre-Français, La
comédienne retrouva parmi ses camarades
les mêmes sympathies qu'autrefois. Quant
au public, dès qu'il l'eut revue, il lui rendit
ses bonnes grâces, et le succès redevint
pour elle un compagnon fidèle.

Plus d'une année s'écoula. Clarisse grandissait vigoureuse et belle; elle était le
charme et la joie de la maison de sa mère,
et, pour tous ceux qui la voyaient, un sujet
d'admiration. Georgette commençait à l'in-
struire et était payée de ses efforts par les
développements et les progrès de cette
intelligence radieuse. Elle aurait donc pu
se croire heureuse, si la plaie faite à son
cœur par la mort de son mari n'eut saigné
toujours, et si sa douleur n'eût lentement
épuisé ses forces.

Cette plaie était inguérissable, inconsolable cette douleur. Georgette se sentait chaque jour un peu plus affaiblie, un peu plus brisée; puis une toux opiniâtre s'empara de sa poitrine; ses joues se teignirent de maladives pâleurs. Enfin un mal destructeur et cruel, la phthisie, l'enveloppa tout à coup dans le réseau de ses redoutables complications.

Elle résista d'abord à l'accablement : Clarisse l'attachait à la vie, démonstration vivante de la tâche qui s'imposait à elle et que toute mère souhaite passionnément d'accomplir. Elle continua à jouer trois fois par semaine, luttant avec énergie contre les symptômes d'une maladie qui ne pardonne pas et concevant l'espoir de les vaincre.

Un soir, en sortant de scène, elle eut un long évanouissement. Le repos lui fut impérieusement ordonné; elle ne parut plus en public qu'une seule fois, dans une repré-

sentation extraordinaire où on la vit, blanche
et toute amaigrie, sourire à deux mille
spectateurs, convaincus comme elle que la
mort venait.

Ah! si elle eût été seule au monde, avec
quel enthousiasme elle aurait salué cette
libératrice qui devait la conduire dans les
régions mystérieuses où l'attendait Gaston;
mais elle songeait sans cesse à l'enfant, aux
dangers qui se dressent autour des orphe-
lines délaissées et auxquels Clarisse serait
fatalement exposée si quelque protecteur
ne venait à son secours. Elle envoya alors
à Adrien Garney l'appel désespéré dont il
avait entretenu sa mère, afin d'implorer
pour Clarisse sa sollicitude et sa pitié.

IV

C'est cet appel qui retentissait aux oreilles d'Adrien pendant la nuit qui suivit son retour à Paris; c'est cet appel qui lui avait dicté les prières que lui-même venait d'adresser en vain à la baronne, et qui le poursuivit jusque dans son sommeil, après la cruelle réponse de celle-ci.

Il ne dormit que pendant quelques heures. A peine debout, il sortit en voiture, donnant à son cocher l'ordre de le conduire dans la rue Saint-Roch. De tristes pensées hantaient encore son cerveau : il redoutait d'arriver trop tard pour recueillir le dernier soupir de la veuve de Gaston. Il songeait non sans angoisse à la douleur qu'avait dû ressentir l'infortunée, si elle s'était vue mourir sans

avoir pu donner à sa fille un protecteur ; il
songeait aussi à l'abandon auquel devait
être livrée cette enfant tout à coup délaissée dans la vie et tombant brusquement
du haut des tendresses maternelles dans
l'isolement de l'indifférence d'autrui. Son
imagination faisait un rapide chemin à travers les hypothèses les plus sombres, et ses
sensations atteignirent si vite l'effet de la
réalité qu'il eut soudain le cœur oppressé,
la gorge étranglée par l'émotion et des
larmes aux yeux.

— Je suis fou, pensait-il; Georgette est
vivante : ma mère m'a dit que la pauvre
femme jouait il y a huit jours. Huit jours!
répéta-t-il, c'est plus qu'il n'en faut pour
conduire au cercueil ceux qu'a frappés ce
terrible mal, la phthisie. On a vu de ces
pâles victimes se faire illusion, se tenir
debout jusqu'à leur dernière heure, et ne
tomber que quelques instants avant de

mourir. Georgette a-t-elle échappé à la destinée de tant d'autres ?

En ce moment, il passait devant une maison en construction, dont les abords étaient
gardés par une enceinte en planches sur
laquelle s'étalaient, comme une vaste ensei-
gne multicolore, les affiches des théâtres de
Paris, placées la veille et qu'allaient rem-
placer celles du jour. Il fit arrêter sa voiture.
Son regard parcourut le programme du
spectacle de la Comédie-Française : parmi
les noms des comédiens, il chercha celui de
Georgette Harris ; il ne le trouva pas.

L'absence de ce nom n'avait en réalité
aucune signification alarmante : tous les
acteurs de la maison de Molière ne jouent
pas chaque soir ; mais Adrien subissait une
de ces émotions en quelque sorte prophé-
tiques, qui parfois saisissent l'âme et l'absor-
bent dans un sinistre pressentiment. Sans
réfléchir, insensible à la douceur du soleil

printanier, qui jetait sur les passants des
flots de lumière, au bruyant mouvement
des rues, dont ses yeux étaient depuis si
longtemps déshabitués, il poursuivit sa
course un moment interrompue et arriva
devant la maison de Georgette.

Un homme, dans lequel il devina le portier, se tenait au seuil de l'allée. Il s'enquit
auprès de lui de madame Georgette Harris.

— C'est ici qu'elle habitait, au troisième
étage, répondit cet homme; mais madame
Harris ne vous recevra pas, monsieur. Elle
ne peut plus, hélas! la pauvre femme; elle
est morte!

— Morte! murmura le jeune baron en se
laissant aller défaillant contre le mur. Morte!
Quand?

— Hier au soir, à sept heures, monsieur.

— Au moment où j'arrivais, se dit Adrien
que cette nouvelle, encore qu'il l'eût pres-
sentie, venait d'atterrer.

— Et l'enfant? demanda-t-il.

— L'enfant est là-haut, monsieur. Une de ces dames du théâtre a voulu l'éloigner, l'emmener chez elle; mais mademoiselle Clarisse s'est jetée sur le corps de sa mère, priant et suppliant, refusant de partir. Il a fallu lui céder. Maintenant elle pleure, elle se lamente. Ça fend l'âme, monsieur.

Adrien en avait assez entendu pour comprendre quels devoirs s'imposaient à lui. Étreint par une angoise lourde à son cœur, il gravit l'escalier, et entra dans l'appartement. Deux jeunes femmes, amies de Georgette Harris, appartenant comme elle au Théâtre-Français, étaient assises dans le salon, lasses d'une longue veille, les yeux rougis par les larmes.

Adrien se nomma.

— Ah! monsieur, vous arrivez trop tard, dit l'une d'elles. La pauvre Georgette n'a cessé de vous appeler. Son dernier soupir

3

a éteint votre nom sur ses lèvres. Durant sa courte agonie, elle le prononçait sans cesse. Elle vous a confié son enfant, monsieur, nous pouvons l'affirmer. C'est en vous, en vous seul, qu'elle espérait pour assurer l'avenir de Clarisse, quoiqu'elle eût reçu de nous l'engagement de ne pas abandonner l'orphe-line.

— Je vous remercie, répondit Adrien. Je suis ici pour exaucer le vœu de celle que vous appeliez Georgette Harris, et qui est pour moi la comtesse de Neyrolles. Puis-je voir sa fille?

— Elle dort encore, et nous n'osons la réveiller. Elle était toute brisée cette nuit, quand le sommeil est venu interrompre sa douleur.

— Ne troublez pas son repos; j'attendrai.

Après avoir entendu la douloureuse his-toire de la maladie et de la mort de Geor-gette, après avoir donné des ordres pour

les dispositions à prendre en vue des funé-
railles, Adrien entra dans la chambre où la
comédienne avait expiré. Une religieuse
priait au pied du lit, couvert de fleurs, sur
lequel était étendue la comtesse de Neyrolles,
les mains jointes, tenant un crucifix.

Entre les cheveux épars reposait la tête
fine et pâle de la trépassée, revêtue de la
majesté surnaturelle que la plupart des morts
reprennent aussitôt après avoir quitté la vie
et cessé de souffrir, comme si, dans les
quelques instants qui précèdent la décom-
position du corps, l'âme, faite à l'image de
son Créateur, imprimait encore une fois sur
la chair périssable qu'elle vient d'abandonner, la manifestation de sa beauté première,
qu'elle recouvre en entrant dans l'éternelle
paix. Adrien s'agenouilla.

Il était ainsi depuis quelques minutes,
quand tout à coup, derrière lui, une porte
s'ouvrit. Il se releva, regarda : c'était Cla-

risse. Elle marchait lentement, murmurant d'une voix que coupaient ses sanglots :

— Maman, chère maman, parle-moi! as-tu cessé de m'aimer? Puisque tu partais, pourquoi n'as-tu pas voulu m'emmener avec toi?

C'est en ce moment qu'elle aperçut Adrien. Elle ne l'avait vu qu'à deux reprises, étant encore toute petite. Elle le reconnut cependant, se tut, et fit quelques pas vers lui, sans parler, tandis qu'il admirait son adorable grâce d'enfant, ses yeux larges et noirs, mouillés de larmes, la pureté de ses traits assombris par une douleur plus violente que profonde, impuissante à en altérer le charme.

— Maman! maman! je veux qu'on me la rende! s'écria-t-elle, tout à coup, dans un transport qui fit accourir auprès d'elle toutes les personnes présentes dans la maison.

Mais Adrien, déjà, l'avait prise, s'efforçant de l'apaiser, lui promettant de ne l'abandonner jamais, de lui rendre une mère qui lui rappellerait l'autre, celle qui maintenant était au ciel. Il trouva pour parler à cette enfant, révoltée contre le problème fatal qu'elle ne comprenait pas, des accents qui finirent par la bercer. Elle s'arrêta, serrée contre son sein, le regardant fixement; puis elle demeura immobile.

— Je l'emporte, dit Adrien aux femmes qui l'entouraient. Je cours la remettre à ma mère, et je reviens.

Clarisse ne fit aucun mouvement. Ses yeux demeurèrent ouverts, mais elle semblait poursuivre au delà de la réalité quelque rêve réparateur et avoir perdu la notion de la vie.

Adrien descendit l'escalier, la tenant contre lui, sentant en ce moment s'éveiller en soi l'âme d'un père, et si passionnément transporté par ce sentiment inconnu et nou-

veau qu'il pressa l'orpheline plus étroitement, en murmurant :

— Ma fille!

A la porte, sa voiture l'attendait; il y
monta, s'assit, en gardant Clarisse couchée
sur ses genoux, la tête appuyée contre son
cœur. Dix minutes après, il entrait comme
une tempête dans la chambre de sa mère.

— La comtesse de Neyrolles est morte,
ma mère, s'écria-t-il. Voici sa fille. Refu-
serez-vous votre tendresse à l'enfant que
j'ai fait le serment d'adopter?

Et ses bras tremblants déposaient Clarisse
entre les bras de madame Garnay.

La baronne, d'abord toute troublée, partagée entre la colère, la surprise et la pitié,
se souleva dans son fauteuil, étendit un
bras vers la porte, puis se laissa aller, vaincue dans cet effort de résistance aux prières
de son fils et au cri de son propre cœur.
Elle fut transformée, pénétrée de toutes

parts par la compassion que révélèrent tout
à coup ses yeux quand elle les abaissa sur
Clarisse. L'orpheline pleurait silencieuse-
ment. Le spectacle de cette douleur assura
le succès de la tentative d'Adrien. Le front
ridé de la vieille femme se courba sur le
front de l'orpheline. Elle l'embrassa, et
dit :

— Pauvre ange ! C'est le portrait vivant
de Gaston. — Puis elle ajouta, se parlant à
elle-même : — Une Neyrolles, après tout,
et belle comme ses aïeules !

— N'est-ce pas, ma mère ? murmura
Adrien qui s'était agenouillé.

— Puisque c'est ta fille, répondit-elle
simplement, c'est ma petite-fille. Si tu voyages encore, je ne resterai plus seule.

— Oh ! ma mère, soyez bénie pour cette
parole ! s'écria Adrien en couvrant de baisers les mains de la baronne.

Clarisse suivait du regard cette scène.

Une douceur infinie, expression de son âme apaisée, remplaçait au fond de ses yeux la fièvre de sa première douleur. La baronne reprit alors :

— Nous parlerons souvent de ta mère, chère mignonne, et nous prierons Dieu pour elle.

Pour toute réponse, Clarisse jeta ses bras autour du cou de sa grand'tante et demeura là comme une colombe blessée qui vient de trouver un refuge.

V

Ce fut pour madame Garnay une heu-
euse aventure que cette entrée soudaine
d'une petite fille de onze ans dans sa maison
longtemps déserte. En faisant coïncider l'arrivée de Clarisse avec le retour d'Adrien,
la Providence peuplait tout à coup la solitude de la baronne, métamorphosait sa vie,
en réunissant entre ses bras, déshabitués
des étreintes chères au cœur des mères,
cet homme de trente-deux ans déjà célèbre,
qui, pour elle, redevenait comme autrefois
un enfant avide de verser dans son cœur les
flots de sa filiale tendresse, et cette orpheline que d'amères et précoces douleurs
avaient meurtrie, qui apportait dans l'expression de sa gratitude une éloquence ingé-

3.

nue et timide, dont les accents, en s'exhalant de son âme attristée, allaient éveiller dans celle de la baronne des sentiments éteints, des souvenirs oubliés.

Il existe entre les vieilles gens et les enfants, on l'a souvent remarqué, des attractions mystérieuses, comme si toute existence, en s'approchant de la tombe, se rappelait son berceau. Madame Garnay, dont la vie était concentrée en un unique objet : son fils, ne tarda pas à aimer Clarisse, sans que cet amour nouveau enlevât rien à l'amour ancien. Ce cœur qu'Adrien remplissait tout entier s'élargit, et Clarisse y prit place. En quelques mois, elle retrouva les douces effusions et les tendres caresses qui sont la moitié du bonheur des enfants.

Quand la sombre mélancolie qui avait survécu en elle à la perte de sa mère se fut dissipée, elle parut telle qu'elle était, intelligente, généreuse, avec un brin de sauvagerie et d'indépendance qui lui seyait à merveille, et par-dessus tout passionnément reconnaissante des bienfaits qu'on lui prodiguait. Sa présence dans cette maison en changea la physionomie ; elle la peupla de ses sourires, de ses cris, de sa beauté naissante, de son adorable grâce de petite fille.

La baronne fut subjugée par ce charme d'innocence et d'esprit ; c'est ainsi que Clarisse lui devint chère. Quant il fallut songer à continuer l'éducation de l'orpheline, un peu négligée jusque-là, madame Garnay ne put se résoudre à l'envoyer en pension et à l'éloigner. Elle la confia à une institutrice, choisie avec un soin méticuleux parmi vingt personnes recommandables par leur expérience, et qu'on nommait mademoiselle Muller. Clarisse s'attacha vite à la vieille fille, et s'en fit chérir. Bientôt, à la grande joie d'Adrien, madame Garnay se plut à répéter qu'elle avait maintenant deux enfants.

Mais c'est surtout durant un nouveau voyage qu'accomplit son fils qu'elle apprécia tout le prix de sa maternité nouvelle. Au lieu du dur isolement dont elle avait jusqu'à ce moment subi l'amertume pendant les longues absences d'Adrien, elle eut la douceur des baisers de Clarisse.

La sollicitude avec laquelle elle veillait sur l'âme confiée à ses mains absorba ses instants, les remplit d'une occupation délicieuse. Elle suivait d'un œil anxieux les progrès de sa fille adoptive, regardant le développement de cette jeune plante comme son œuvre, s'attachant à l'initier aux devoirs de la vie, à tempérer surtout les ardeurs d'un caractère auquel la liberté des jeunes années et une éducation menée un peu à la diable avaient donné une allure légèrement excentrique, toujours prête à se traduire par la vivacité des opinions, l'ardeur des sentiments, l'énergie de la volonté.

En un mot, à l'heure de sa vieillesse et quand elle croyait sa tâche ici-bas terminée, madame Garnay en avait tout à coup assumé une nouvelle qui la ramenait aux émotions de sa jeunesse et lui assurait la jouissance des plus fécondes, des plus consolantes émotions.

C'est ainsi que les années s'écoulèrent.

Adrien était presque toujours loin de France. De temps en temps, on le voyait brusquement reparaître à Paris. A chacune de ces apparitions, il pouvait constater les heureuses transformations de mademoiselle de Neyrolles.

A dix-huit ans, c'était une belle jeune fille gracieuse et robuste, portant dans un regard dominateur et caressant à la fois l'image de son âme, violente et mobile, accessible à tous les enthousiasmes et déjà marquée pour les terribles jeux de la passion. Elle ne pouvait entrer dans un salon ni passer dans la rue sans qu'aussitôt tous les yeux se dirigeassent vers elle, surpris par l'étrangeté de sa personne, enchantés par sa beauté. Ses cheveux noirs, son teint pâle, ses traits purs, sa fière démarche, l'harmonie de ses mouvements, annonçaient une créature d'élite, pouvant plus tard devenir également héroïque ou criminelle, selon que les caprices de sa destinée l'entraîneraient vers le bien ou vers le mal. Le temps mit la dernière main à tant de séduisantes perfections et les acheva.

Bientôt la baronne Garnay recueillit de de si nombreux témoignages de l'effet produit au dehors par Clarisse qu'elle en fut effrayée, redoutant que le monde ne lui prît trop vite cette créature désormais indispensable à son bonheur.

Un jour notamment, au lendemain d'un

bal ou la grâce de mademoiselle de Neyrolles avait obtenu plus de succès encore qu'à l'ordinaire, trois demandes en mariage arrivèrent à la baronne, si précises et si brillantes que sa conscience lui imposa le devoir d'en parler à Clarisse, devoir rigoureux qu'elle accomplit tout éplorée.

— Me marier, moi! quand je suis si heureuse auprès de vous! s'écria la jeune fille. Répondez à ces beaux prétendants que je suis satisfaite de ma destinée et n'en veux pas changer.

Cette réponse mit dans les yeux de madame Garnay des larmes de joie et de reconnaissance. Quant à Adrien, absent de France en ce momont, c'est seulement à son retour qu'il apprit de quelle générosité délicate Clarisse payait les bienfaits qu'elle avait reçus. Touché par ce trait digne d'une âme que dès le premier moment il avait jugée d'après la sienne, il sentit s'accroître sa tendresse pour l'orpheline. Ce fut le premier symptôme de la transformation qu'il allait subir.

Il revenait de ses lointaines excursions tout enivré de ses découvertes, goûtant délicieusement les satisfactions que procurent le succès et la gloire, jusqu'à ce moment insensible à la beauté des femmes comme aux douceurs de l'amour, trop épris de la science, des émotions qu'elle réserve à ceux qui se livrent à elle, pour écouter la passion. La vue de Clarisse, que deux années écoulées depuis son départ avaient embellie au delà de ce qu'on peut attendre de la nature, lui fit éprouver un sentiment nouveau s'ignorant encore et étranger à son cœur.

Ame d'ascète dans le corps d'un savant, il fut *entourbillonné* par la beauté de cette fille accomplie, en qui tout respirait la jeunesse, la force, le besoin d'aimer et d'être

aimée. Il se sentit attiré vers elle par des
sensations d'une exquise douceur, qui laissaient bien loin les joies viriles dont il s'était
contenté jusque-là. Il se plut à admirer ces
formes parfaites, ces yeux éloquents où
venaient se refléter la candeur et l'ingénuité
d'une âme encore vêtue d'innocence, à interroger cette imagination à peine éveillée
et dont la sainte ignorance du mal contenait
les ardeurs. Il prit plaisir à entendre tomber
de cette bouche virginale l'expression des
enthousiasmes qu'allume dans toute intelligence d'élite un délicat instinct d'artiste. Il
but à longs traits la séduction qui se dégage
des jeunes filles dont éclate la grâce et
dont s'ouvre le cœur; il fut dominé par
l'amour avant de le connaître et de le comprendre.

Puis il souffrit des froideurs de Clarisse
et de ce qu'il appelait son indifférence; il
souffrit surtout des hommages qu'elle rece-

vait, de l'entraînement qu'elle subissait sans lui. Il eut des jalousies, des colères, des craintes, et à ces traits, malgré son inexpérience, il devina l'amour.

VI

Cette découverte l'épouvanta. Il avait quarante ans, Clarisse dix-huit à peine. Elle aurait pu être sa fille; comment pouvait-il espérer d'être aimé autrement qu'un père? Si son cœur possédait encore cette fraîcheur de jeunesse, privilége de ceux qu'à épargnés la passion, son visage vieilli par ses travaux et ses fatigues, son front couvert de cheveux gris et sillonné de rides, la tristesse inquiète de son regard trahissaient son âge. C'était un homme mûr, et Clarisse une enfant. Croire que l'amour pouvait jamais les unir eût été une folie.

Cette conviction, qui s'imposait à lui avec d'autant plus de vivacité que le traître charme de Clarisse opérait plus sûrement

et plus vite, le détermina à s'éloigner de
nouveau, bien qu'il fût un peu lassé de ses
longs et périlleux voyages, et que sa mère
le suppliât d'y renoncer. Il demeura sourd
aux prières de madame Garnay aussi bien
qu'à celles de mademoiselle de Neyrolles,
qui, témoin de la douleur de sa bienfaitrice,
le conjurait de ne pas partir, en alléguant
que les désirs d'une mère, surtout quand
son âge la rapproche du tombeau, doivent
être sacrés pour son fils.

Mais quoi! pouvait-il avouer à Clarisse
qu'il fuyait devant elle? Il laissa passer le
flot des supplications et des larmes, persista
dans sa résolution et s'éloigna.

Cette fois, c'est vers le Thibet qu'il dirigeait ses pas. Il avait pris l'engagement de
ne pas prolonger son voyage au delà d'une
année. Il espérait que ce temps suffirait à
apaiser son cœur, à lui verser le salutaire
oubli, à le cuirasser contre des émotions

nouvelles, et qu'à son retour, il pourrait
affronter les beaux yeux innocents et terribles qui l'avaient affolé. Illusion dérisoire,
espoir trompeur! Adrien ne savait pas qu'à
l'âge auquel il était arrivé, les tendres sentiments que l'homme conçoit prennent possession de lui avec une puissance inconnue
à ceux de la vingtième année. Il aimait
Clarisse, et il devait l'aimer toujours.

Pendant de long mois, à travers les périls
que gardent aux explorateurs les contrées
lointaines dont ils vont étudier la géogra-
phie, l'histoire et les mœurs, il promena ses
ardeurs et ses regrets, constatant avec tristesse que ni le temps ni l'absence ne pouvaient lui faire oublier Clarisse et le guérir
du mal dont il souffrait à cause d'elle.

Pendant ce temps, Clarisse poursuivait à
travers le monde sa marche triomphale.
Chaque soir, c'étaient des conquêtes nouvelles opérées par l'éblouissante grâce de

ses dix-huit ans. Dans les salons dont son nom et la protection naturelle de la baronne lui ouvraient les portes, elle était considérée à l'égal d'une reine; elle recevait les hommages décernés à sa beauté avec une sérénité souriante propre à démontrer qu'aucun d'eux n'avait trouvé le chemin de son cœur.

Elle était libre en effet, n'ayant pas ressenti les premières atteintes de l'amour, n'étant pas même disposée à les subir, comme si dans son corps, pétri de séductions, l'ingénuité de l'enfant n'eût pas fait place encore aux aspirations de la jeune fille, aux ardeurs de la femme. Chez les créatures exceptionnellement douées, l'heure qui précède cette métamorphose est une heure paisible et charmante; elles deviennent mûres pour la passion sans s'en apercevoir, et c'est tout à coup qu'elles s'éveillent aux tendres émotions en vue desquelles elles semblent avoir été créées.

Un soir, chez madame de la Lande-Rocroy, vieille grande dame amie de madame
Garnay, qui prodiguait à Clarisse les témoignages de sa bonne grâce et de sa sympathie,
un jeune homme s'approcha de mademoiselle de Neyrolles et l'invita à danser.

— Ce sera pour la cinquième valse,
monsieur, répondit-elle.

— C'est bien, mademoiselle, j'attendrai,
fit-il en s'inclinant.

Elle le regarda, frappée par l'accent de
sa voix, mais sans prêter aucune attention
à l'étrange beauté de ce personnage. C'est
seulement quand, son tour étant venu, il
s'approcha d'elle en lui tendant la main,
qu'elle remarqua ce type singulier.

Le danseur était jeune, maigre, d'une
taille élancée, avec des traits minces, de
petits yeux tour à tour bleus et gris, lumi-
neux, vivants, un visage d'une blancheur
mate, auquel la couleur rousse des cheveux

crépus et d'une barbe vaporeuse donnait le
ton de l'ivoire. Il y avait sur la figure je ne
sais quelle expression maladive qui se retrouvait dans le balancement du corps,
ondoyant et flexible comme un roseau,
dans la pâleur des mains sillonnées de fines
veines bleues, dans la fixité langoureuse du
regard.

Pendant la valse, il parla peu ; mais
chacune de ses paroles témoignait un tel
désir d'éviter les banalités que Clarisse était
accoutumée à entendre, qu'elle l'écouta
avec intérêt et le suivit longtemps des yeux
quand il l'eut quittée. Un peu plus tard, il
l'invita de nouveau, et après avoir accepté
son invitation, elle s'approcha de la maîtresse de la maison.

— Que souhaitez-vous, chère enfant ?
demanda celle-ci à sa petite amie.

— Connaître le nom de ce jeune homme
qui se tient debout devant l'orchestre...

— Le monsieur aux cheveux roux?

— Justement, madame.

— Il se nomme Jacques de Chanzay. C'est la coqueluche de toutes nos élégantes. Elles ne jurent que par lui. Il a bien de l'esprit et du charme. Ce serait un être accompli s'il était moins mauvais sujet. Il a successivement mangé trois héritages; il est en train de croquer le quatrième. Ah! il serait nécessaire qu'on le mariât. Je suis sûre qu'il ferait un excellent mari. Malheureusement il est effrayant, et moi-même, je n'oserais lui confier le bonheur de ma fille. L'expérience réussirait peut-être; mais on ne joue pas volontiers dans ces expériences l'avenir de ce qu'on aime.

Clarisse en avait assez entendu pour s'intéresser à son beau valseur : elle goûta le plus vif plaisir à danser une seconde fois avec lui, un plaisir plus grand encore à le faire parler et à l'écouter.

4

Jacques de Chanzay possédait cette grâce du langage qui révèle une intelligence cultivée, un tour d'esprit original, très-personnel. Doué d'une imagination dont les vivacités étaient aisément contenues par un scepticisme précoce, fruit d'une vie livrée trop jeune aux aventures galantes, il ne faisait aucun effort pour cacher la perversité railleuse qui avait remplacé depuis longtemps dans son âme les illusions de la jeunesse. Sur les hommes et sur les choses, il émettait des opinions et des jugements remarquables par leur excentricité sinon par leur justesse, au milieu desquels éclatait tout à coup, comme une perle fine parmi des perles fausses, une appréciation saine, généreuse et droite, exprimée à point pour démontrer que tout au fond de cette nature, en apparence viciée, subsistaient d'honnêtes sentiments et d'indestructibles croyances.

VII

Cette rencontre fit sur Clarisse une vive
impression. Pour la première fois, elle
découvrait un homme dont la physionomie
se détachait en un relief nettement accusé
sur le fond un peu banal des salons parisiens. Une fois engagée sur une piste
attrayante, l'imagination des jeunes filles
marche rapidement; celle de Clarisse l'entraîna en quelques semaines vers les régions
où fleurit l'amour. Son cœur s'éveilla dans
un monde inconnu où, grâce aux illusions
de son âge, tout lui parut beau comme dans
le paradis d'Indra, la plus exquise création
de la mythologie hindoue.

Chez toutes les femmes, même chez celles
que leur destinée a marquées pour dominer

les hommes, les traiter en esclaves et, grâce à la puissance de leurs attraits comme à la science de leur coquetterie, en faire impunément des victimes, le premier amour revêt une forme ingénue et pure. Dans les natures vouées aux passions, il se fera audacieux, égoïste, intraitable et cruel; il inspirera des ardeurs coupables, des faiblesses criminelles; il réclamera impérieusement des hommages, exigeant tout et ne donnant rien, emprunteur avide qui ne rendra jamais. Mais, à son aurore, il est fait de timidités touchantes et de terreurs redoutables, d'humilités volontaires et de dévouements sans bornes, presque heureux de se sacrifier et de souffrir.

C'est sous cette forme qu'il se présenta d'abord à Clarisse : elle aima même avant de savoir si elle était aimée, même avant d'espérer de l'être, gardant soigneusement en soi ses mystérieuses émotions, toute enivrée par le sentiment qui l'avait envahie et qui la transfigura, en communiquant à sa beauté le caractère indélébile et révélateur de la passion naissante, par lequel toute beauté est complétée et embellie.

A dater de ce moment, les soirées et les bals où, faisant violence à ses propres fatigues, madame Garnay la conduisait, n'eurent pour elle d'autre attrait que celui que leur donnait la présence de Jacques Chanzay : s'il ne venait pas, elle restait écrasée sous le poids de sa tristesse; mais apparaissait-il, elle se sentait rassérénée et heureuse, et sa joie éclatait dans ses regards quand il s'approchait d'elle afin de la saluer.

Trois mois s'écoulèrent ainsi. Jusqu'à ce moment, le secret de Clarisse était demeuré si profondément enfoui au fond d'elle-même que nul, à ce qu'elle croyait, ne l'avait deviné, et Jacques de Chanzay moins que tout autre. Ce mystère voulu lui causait un

4

singulier mélange de peine et de plaisir. Heureuse d'avoir su se contenir, d'avoir su taire l'état de son cœur, elle souffrait de n'être pas comprise par Jacques. Effrayée et tremblante à la pensée de le voir à ses pieds, elle s'en voulait cependant de la timidité qui clouait sur ses lèvres les accents par lesquels il aurait été éclairé.

— M'aime-t-il? se demandait-elle. Puis-je espérer qu'il m'épousera? Que suis-je, malgré le nom que je porte, si ce n'est une fille sans dot, élevée par charité? Me trouverait-il digne de lui? Consentirait-il à faire de moi sa femme?

Ces questions, qui revenaient sans cesse à sa pensée, la trouvaient impuissante à y répondre et ouvraient son âme au désespoir. Dix fois, elle avait été sur le point de se confier à sa mère adoptive; mais toujours, au moment de parler, elle s'était arrêtée, redoutant d'affliger sa bienfaitrice dont elle connaissait la tendresse un peu égoïste, et qui croirait la perdre à jamais en consentant à son mariage.

Elle en était alors réduite à regretter l'absence d'Adrien. Elle lui devait son bonheur; elle l'aimait filialement, et le connaissait assez pour savoir qu'elle pouvait se confier à cet ami dévoué comme un père, dont toutes les lettres contenaient le témoignage d'une inébranlable affection. Tentée de lui écrire afin de lui conter ses peines, elle craignait qu'il ne reçût pas ses aveux. Et puis, en manifestant l'intention de se marier, ne porterait-elle pas à Adrien un coup funeste? C'est à elle qu'en partant il avait confié sa mère. Avait-elle le droit, alors qu'elle lui devait tout, de prendre une résolution avant son retour, de se moutrer indigne de sa confiance?

— Que n'est-il auprès de moi! se disait-elle : je verserais dans son cœur mon espérance et mes doutes; il me conseillerait et me consolerait.

L'hiver s'acheva au milieu de ces incertitudes, sans que Clarisse eût révélé son secret, et sans qu'une seule parole de Jacques de Chanzay lui eût appris qu'elle était devinée et comprise; puis il fallut partir.

Tous les ans, au mois de juin, la baronne, fuyant les chaleurs et la poussière de Paris, allait s'établir en Normandie, dans une propriété située non loin de Fécamp, sur le territoire d'une commune appelée Saint-Martin, et qui était une création de son mari. Peu de temps avant son mariage, le baron Garnay, parcourant en touriste la côte normande, avait été séduit par l'aspect pittoresque d'une de ces « valleuses » si fréquentes entre Saint-Valery et le Havre, et qui, de loin en loin, à travers les falaises qui longent la mer en cet endroit ainsi qu'une muraille imprenable, viennent y déboucher et en rendent les bords accessibles aux habitants du littoral.

Ayant acheté quelques arpents de sol au point où le plateau de Saint-Martin s'abaisse vers le rivage, il y fit construire une vaste maison que les habitants du pays s'empressèrent d'appeler le château, et autour de laquelle il traça un parc; puis il s'agrandit peu à peu de toutes les terres qu'il put acquérir. Il ajouta à la valeur de son bien en faisant défricher les landes incultes qui le séparaient de l'Océan : il créa des fermes, il eut des troupeaux, et, en une vingtaine d'années, il se trouva maître d'un opulent domaine embelli de tout ce que les efforts d'un homme de science et de goût peuvent ajouter au travail du temps et aux richesses naturelles.

Les arbrisseaux que sa main avait plantés, transformés en arbres robustes, étendaient devant le château leurs larges ramures arrondies à leur sommet par les vents d'ouest ; la façade de l'habitation, rapidement brunie par les ouragans de l'hiver, était vêtue çà et là d'un lierre épais, qui lui donnait une physionomie avenante ; les pelouses dépliaient de tous côtés leurs tapis aux fleurs éclatantes ; à droite et à gauche, l'œil embrassait des perspectives profondes, les plaines sans fin et la mer, lumineuse et unie comme un miroir, entrevue de haut et de loin dans l'échancrure des falaises.

Le château de Saint-Martin formait donc une retraite délicieuse ; mais c'est encore à un autre titre qu'il était pour la baronne un lieu de prédilection, et quand elle parlait d'y finir ses jours, c'est qu'elle y retrouvait des souvenirs qui résumaient sa longue vie, attachés au tronc des arbres et aux pierres des murailles. C'est là qu'elle avait aimé son mari, passé les premiers mois de son mariage, donné le jour à Adrien. C'est là

que le baron était mort, là que reposaien
ses restes, là enfin qu'à diverses reprises
madame Garnay s'était réfugiée pour pleurer son fils absent, au temps où elle n'avait
pas encore pour remplir le vide causé par
son absence la douceur des baisers de Clarisse.

VIII

Mademoiselle de Neyrolles, lorsqu'elle vint dans ce pays pour la première fois, avait douze ans. Avant ce jour, elle n'avait jamais vu la mer ; en fait de champs, elle ne connaissait que les environs de Paris, où, sauf de rares exceptions, le paysage, dans le panorama de ses collines boisées et de ses vallées qu'arrosent la Seine et la Marne, offre plus de grâce riante que de réelle majesté. Le voisinage d'une ville sans égale, d'un vaste foyer de civilisation s'y révèle par les mille bruits dont on y recueille les échos, par les toits des innombrables villas qu'on y découvre, par les voies ferrées qui sillonnent les plaines, par la physionomie des cultures, le caractère intime et familier des horizons, la circulation d'une foule qui vient y chercher la fraîcheur et le repos. On y sent, pour tout dire, la présence de l'homme plus encore que la main de Dieu.

Tout différents sont les paysages que Clarisse eut sous les yeux en Normandie; il suffisait qu'elle sortît du château et marchât pendant vingt minutes pour en rencontrer un d'une rare beauté.

Entre deux hauteurs, rattachées d'un côté au plateau sur lequel s'élève le village de Saint-Martin et de l'autre côté coupées brusquement au-dessus des eaux, se creusait une gorge étroite dont les pentes, rendues plus élevées par la déclivité du chemin à mesure qu'on approchait de l'Océan, se paraient d'une plantureuse végétation, bois, herbages et fleurs, mêlés dans un fouillis inextricable. Cette gorge s'élargissait tout à coup, en arrivant sur une plage de galet. La plage était étroite; mais l'immensité des

flots lui donnait une incomparable grandeur.

En cet endroit, nul bruit ne parvenait, si
ce n'est le bruit monotone des flots, tantôt
semblable à des détonations lointaines quand
les hautes vagues touchaient le bord et s'y
brisaient écumantes, tantôt imitant la longue
rumeur d'une crécelle gigantesque qui serait
toujours agitée, quand elles traînaient le
galet sur le rivage, d'un mouvement lent
et régulier.

Clarisse sentit bien vite la poésie de ces
lieux et s'en pénétra fortement. A dater de
ce moment, elle aima ce pays, et, pendant
les longs séjours qu'elle y faisait, c'est vers
la plage qu'elle dirigeait le plus souvent
ses promenades. Elle aimait à y venir à la
fin du jour, lorsque la mer se soulevait tu-
multueuse sous les coups du vent, tout
empourprée des rayons d'un rouge soleil
qui commençait à noyer dans l'onde son

globe resplendissant au-dessous des nuages
aux formes bizarres.

Après avoir admiré ce spectacle, elle
remontait la valleuse, s'arrêtant à chaque
pas pour regarder derrière elle l'Océan et
le ciel confondus dans un horizon brumeux
dont les profondeurs semblaient s'étendre
et les limites se reculer à mesure qu'elle
s'élevait vers le sommet du plateau.

Puis le paysage se modifiait. Sur le premier plan se déroulaient les falaises nues,
dont toute la végétation consistait en une
herbe courte et dure qu'étoilaient une mul-
titude de fleurs aux nuances harmonieuses
et dont une touffe de fougères coupait quelquefois l'uniformité. Là paissaient les troupeaux de moutons sous la garde d'un ber-
ger, ou, attachées à des piquets, des vaches
dont l'œil triste semblait avoir retenu pour
toujours la vision des tempêtes de la mer, et
dont les formes lourdes se découpaient sur

l'azur décoloré par l'approche de la nuit.

Sur le second plan, et aussi loin que la vue pouvait porter, s'étalaient les riches cultures de l'un des plus fertiles plateaux du monde. L'or des blés, l'émeraude des luzernes, le vermillon des coquelicots, se mêlaient aux vaporeuses blancheurs des fleurs d'avoine, tremblantes comme une nuée, ou mettaient des taches éclatantes sur la couleur brune des terres fraîchement labourées.

Plus loin c'étaient les hautes futaies plantées au long des murs gazonnés qui entourent les fermes, des bouquets de hêtres, derrière lesquels un clocher révélait un village, des verdures noirâtres qui couraient à la crête des collines dans les dernières clartés du jour. Le murmure confus d'une vie qui s'apaise s'éteignait dans l'air, formé de voix claires et lointaines, de bêlements de troupeaux, d'aboiements de chiens, de

croassements de corbeaux, de battements
d'ailes, et, planant sur ces choses, l'éternelle
sérénité par où se manifeste Celui qui, en
les créant, en a réglé les mouvements et
fixé les lois.

La vie au château de Saint-Martin était
paisible, un peu monotone même, dépour-
vue des distractions auxquelles une existence brillante à Paris accoutumait Clarisse ;
mais elle ne s'en plaignait pas : à l'ombre
d'une tendresse aussi dévouée, aussi sûre
que celle de sa grand'tante, et dans la so-
ciété de son institutrice, mademoiselle Muller, elle s'estimait heureuse, à la condition
de pouvoir se prononcer librement.

Tantôt elle dirigeait ses promenades vers
la mer, s'asseyait à la pointe d'une falaise ou
s'étendait sur le galet, suivant d'un œil at-
tentif les jeux des flots, se laissant bercer par
leur murmure, s'abandonnant à de longues
rêveries d'où son âme sortait rafraîchie et

reposée. Tantôt elle parcourait l'agreste vallée de Cany, dont une jolie rivière au flot clair, la Durdent, baigne les gras pâturages.

Elle faisait ces excursions, montée sur une jument bretonne de petite taille, facile à conduire, et que lui avait donnée la baronne. Accompagnée d'un domestique, elle s'arrêtait dans les hameaux répandus autour de Saint-Martin, entrait dans les chaumières, se faisait chérir partout où elle passait par sa bonne grâce autant que par sa générosité. C'est ainsi qu'elle avait appris à aimer ces rivages fertiles, et qu'à chaque fin d'hiver elle se réjouissait en pensant qu'elle allait les revoir.

Cette année-là, loin de se réjouir en quittant Paris, elle eut le cœur douloureusement oppressé; il lui semblait déjà qu'elle ne pourrait plus être heureuse loin de Jacques de Chanzay, et, lorsque le train qui l'em-

portait vers la Normandie sortit bruyam-
ment de la gare, un grand déchirement se
fit en elle.

Pendant la saison qui venait de finir, elle
avait vu Jacques presque tous les jours ;
elle le rencontrait au bois, au théâtre, au bal,
dans des maisons amies et quelquefois même
chez la baronne, où, attiré peut-être par la
divination de l'amour qu'il avait inspiré, il
apparaissait de loin en loin. Les espérances
secrètes de Clarisse trouvaient dans ces
rencontres rapides un aliment suffisant à
les entretenir. Cette mince satisfaction allait
maintenant lui manquer, puisque cinq mois
s'écouleraient avant qu'elle revît celui qui
avait conquis peu à peu son âme, sans le
vouloir et sans le savoir. C'est là ce qui
causait sa peine, ce qui mit bientôt sur son
visage une expression touchante de mélancolie, quelquefois même des larmes dans
ses yeux.

IX

Pendant la première semaine de son séjour à Saint-Martin, Clarisse dissimula si soigneusement ses préoccupations que la baronne de Garnay n'en remarqua pas les premiers symptômes; mais ces symptômes devinrent ensuite trop apparents pour échapper à sa sollicitude. Dans la jeune fille recueillie, triste, silencieuse, qui vivait à ses côtés, elle ne reconnaissait plus cette Clarisse, naguère si bruyante et si gaie, qui venait à tout instant offrir aux baisers de sa grand'tante son front pur, tandis que toutes sortes de joyeux propos et de vives reparties voltigeaient sur ses lèvres. Mademoiselle de Neyrolles ne trouvait plus aucun charme dans les promenades à cheval ni dans la contemplation de la mer. Le bruit des flots irritait ses nerfs; la vue des abîmes creusés au bord des falaises lui donnait le vertige. Le trésor de ses forces semblait dispersé. Sa pâleur augmentait tous les jours, et sous ses yeux se dessinait un trait noir qui semblait creusé par les pleurs.

La baronne s'alarma : elle interrogea Clarisse; mais celle-ci ne voulait pas s'expliquer, et déclara qu'elle n'avait aucun sujet de peine, qu'elle était aussi heureuse qu'autrefois.

— Elle nous trompe, ma chère Muller, disait madame Garnay à l'institutrice restée dans la maison comme dame de compagnie; elle nous trompe; ce n'est pas à moi qu'on fera croire qu'à dix-neuf ans, une fille belle et bien portante cesse tout à coup de sourire et de prendre plaisir à la vie. Interrogez-la; peut-être sera-t-elle plus sincère avec vous.

L'interrogatoire que mademoiselle Muller

fit subir à son élève ne donna pas de meil-
leurs résultats que celui auquel s'était livrée
la baronne ; il fallut bien se contenter des
protestations que faisait entendre Clarisse
toutes les fois que, par des questions qui
témoignaient d'ailleurs de plus de solicci-
tude que d'habileté, on essayait de provoquer ses aveux. Elle était résolue à se
taire jusqu'au retour d'Adrien : c'est à lui
qu'elle entendait se confier et demander
conseil ; c'est lui qu'elle voulait faire l'ar-
bitre de sa destinée.

On reçut des nouvelles du voyageur dans
le courant du mois de juillet ; il annonçait son
prochain retour. Le jour même où la baronne
communiqua sa lettre à Clarisse, un chan-
gement soudain s'opéra dans la physionomie de la jeune fille, et en quelques heures
elle parut avoir retrouvé sa sérénité d'autrefois, par suite d'un apaisement soudain.
Au fond de ses yeux bruns, la joie éclata en

rayons caressants et doux ; sur ses joues
pâlies apparurent de nouveau les fraîches
couleurs d'une santé robuste. Elle se transfigura.

Des changements si prompts et si visibles
causèrent à madame Garnay une étrange
émotion, car, lorsqu'elle fut amenée à en
rechercher par la pensée les causes, elle
n'en put trouver d'autres que la nouvelle de
l'arrivée de son fils.

Eh quoi! se pouvait-il que Clarisse aimât
Adrien au point d'être ainsi métamorphosée
par l'annonce de son retour? Sa tristesse,
dont la baronne s'était si fort alarmée,
n'était-elle due qu'à la longue absence de
son fils? Souvent, en pensant qu'un jour
Clarisse, mariée et tout entière à d'autres
affections et à d'autres devoirs, s'éloignerait
de sa maison, elle avait regretté qu'Adrien
n'eût pas quinze ans de moins, et entrevu
comme dans un rêve irréalisable la possibi-

lité de lui donner pour femme sa fille adoptive. Néanmoins, elle ne s'était jamais arrêtée à cette vision capricieuse et invraisem-
blable comme la plupart de celles dont les
jeux de l'imagination embellissent ou troublent notre sommeil. Bien que disposée à
considérer son fils avec les yeux prévenus
d'une mère, à le trouver jeune, élégant et
beau, l'âge d'Adrien mis en regard de celui
de Clarisse se dressait devant elle comme
un obstacle insurmontable; mais, lorsqu'elle
eut vu avec quelle rapidité Clarisse, après
avoir lu la lettre d'Adrien, passait de la
tristesse à la joie, son esprit travailla de
plus belle.

On croit aisément à ce que l'on désire.
Se faisant une illusion qui flattait à la fois
son égoïsme et sa tendresse maternelle, la
baronne conçut une espérance qui vint
accroître l'enthousiasme avec lequel mademoiselle de Neyrolles parlait de son cousin.

La jeune fille vantait son esprit, son courage; elle était fière de l'éclat qu'il avait donné à son nom, du rang qu'il occupait dans la science. Elle se réjouissait des succès nouveaux que lui assurait ce voyage au Thibet qui venait de finir. Enfin chacune de ses paroles témoignait d'une affection indestructible, égale à la reconnaissance qu'elle professait pour celui à qui elle devait sa vie facile et heureuse.

— Qu'importe la différence des âges! se disait la baronne trompée par ces apparences. Est-il impossible que dans cette âme d'enfant sensible et un peu romanesque, la gratitude ait engendré l'amour, et que la gloire d'Adrien ait paru supérieure à l'attrait de la jeunesse?

Vingt fois la baronne fut tentée d'interroger Clarisse; mais la crainte de troubler la pureté d'une nature non encore initiée à la passion arrêtait les questions sur ses lèvres;

elle pensait qu'il convenait d'attendre le retour de son fils, car, après tout, elle ne l'avait pas consulté, et, ne connaissant rien de ses dispositions, elle ne voulait pas l'engager à son insu. Elle se résigna donc, en dépit de son impatience, à jouir de la métamorphose de Clarisse sans en rechercher les causes.

Celle-ci ne vivait plus que dans l'attente de la venue d'Adrien : elle suivait par l'imagination le navire qui le ramenait en France, elle comptait les jours et les heures, elle préparait par avance les termes de la confidence qu'elle voulait lui faire, elle se voyait penchée à son bras, et lui disant : « J'aime M. de Chanzay, et c'est lui que je veux pour époux ! » Et Adrien lui souriait paternellement ; puis il partait pour Paris, d'où un soir il arrivait tout à coup, ramenant le cher adoré, pour le pousser aux pieds de Clarisse en disant : « Tiens, le voilà ! il t'aime ! » A la pensée de l'embarras qu'elle éprouverait alors, ses joues devenaient brûlantes, et dans sa poitrine l'émotion précipitait les battements de son cœur.

On peut croire qu'obsédée de telles préoccupations, mademoiselle de Neyrolles ne dormait pas toutes les nuits. Son imagination l'emportait loin et haut vers les régions où fleurit l'amour, et où l'on goûte dans toute sa suavité l'ivresse de ses parfums. L'ombre de Jacques de Chanzay évoquée par son cœur venait vers elle; la tendre Clarisse contemplait alors à son gré les regards qui l'avaient troublée, et se laissait bercer par les accents qui tombaient dans son oreille comme l'harmonie d'un chant céleste.

X

Un matin, après une nuit livrée presque tout entière à l'une de ces longues et douces insomnies, elle se leva de bonne heure, et descendit dans le parc; aux fenêtres du château, les persiennes closes témoignaient que maîtres et domestiques dormaient encore.

Elle s'engagea dans une avenue d'ormes à l'extrémité de laquelle commençait la falaise, franchit la barrière et marcha lentement dans la direction de la mer, s'arrêtant parfois pour cueillir une fleur de menthe, un bluet perdu dans les touffes d'herbes, au bord des sentiers marqués à peine dans l'uniformité du terrain, ou pour regarder s'enfuir un oiseau qu'elle venait de surprendre à la pointe d'un chardon.

Bientôt elle arriva sur le bord de la falaise,

en un endroit où, se creusant en entonnoir, elle s'incline jusqu'à un amoncellement de rochers, coupés brusquement au-dessus de la plage. Mademoiselle de Neyrolles s'assit au haut du talus et demeura là, suivant des yeux l'écume des vagues à la surface de l'Océan, qu'agitait une forte brise.

Derrière elle, le soleil montait dans l'horizon. Ses rayons, passant au-dessus du plateau, s'allongeaient sur les flots qu'ils rayaient de longues traînées de lumière. Au loin, au point où une ligne brumeuse tracée entre le ciel et la mer arrêtait brusquement la vue, la fumée d'un paquebot mettait sur la limpidité de l'atmosphère une tache tremblante; une voile blanche fuyait comme un oiseau géant qui de ses ailes aurait caressé l'azur; des mouettes planaient dans l'immensité et séchaient au soleil leur plumage baigné de rosée.

Plus près, à droite et à gauche, les

falaises déroulaient jusqu'au Havre la crayeuse blancheur de leurs roches nues, coupées çà et là par les anfractuosités du rivage. La mer était basse ; en se retirant, elle avait laissé à sec, entre les écueils chargés de varechs et de mousses marines, des bancs de sable fin, à l'extrémité desquels on apercevait dans l'eau jusqu'à mi-corps et poussant leurs filets les pêcheuses de crevettes, arrachées de leur lit avant le jour par la nécessité de profiter de la retraite du flot pour explorer son domaine.

Clarisse laissait son regard se reposer sur les divers épisodes de ce sublime spectacle, et pendant plus d'une heure elle demeura ainsi, plongée dans une somnolence qui la clouait là, sans pensée et sans but, dans un repos qui réparait les fatigues d'une nuit sans sommeil, et dominée par une sorte de vision mystérieuse qui lui causait la plus douce béatitude en faisant passer tour à

tour devant ses yeux Jacques de Chanzay
et Adrien Garnay.

Tout à coup, amorti par l'herbe épaisse,
un bruit se fit entendre; mademoiselle de
Neyrolles se retourna, arrachée à son
paisible repos : Adrien Garnay se tenait
debout à trois pas, et souriait en la regardant. Un cri s'échappa de ses lèvres, cri
de joie et de surprise qui dut résonner
délicieusement dans le cœur du revenant,
car il exprimait une forte et profonde tendresse. Il n'avait pas encore parlé, et déjà
Clarisse était dans ses bras.

— Vous ! vous ! Mais d'où sortez-vous ?
d'où venez-vous ? Oh ! que je suis heureuse !

Au contact de cette bouche fraîche
comme un beau fruit, aux accents de cette
chère voix, Adrien éprouvait une exquise
émotion augmentée par la confiance qu'il
inspirait à l'adorable créature dont elle
donnait en ce moment une preuve visible

en se jetant palpitante contre lui, sans se
douter que par cette étreinte filiale elle
désespérait ce cœur accoutumé depuis longtemps à battre pour elle d'un amour auquel
ce qui manquait le plus, c'était le caractère
de l'affection paternelle.

— Elle ne m'aime pas comme je l'aime,
pensa Adrien ; elle ne m'aimera jamais
ainsi.

Mais il n'eut pas le temps de s'appesantir
sur cette pensée ; Clarisse l'interrogeait. Elle
était pressée de savoir comment il se trouvait près d'elle, subitement, sans être
attendu.

— J'ai voulu causer une surprise à vous
et à ma mère, répondit Adrien, et j'ai quitté
Bordeaux aussitôt après mon débarquement
sans la prévenir. J'étais à Fécamp hier au
soir ; j'y ai dormi quelques heures, et ce
matin, à la pointe du jour, je suis parti afin
de me trouver au milieu de vous. En arri-

vant au château tout à l'heure, comme ma mère dormait encore, c'est vous, ma petite Clarisse, que j'ai voulu faire avertir ; mais votre chambre était déjà vide, et j'ai su que vous aviez pris l'habitude de faire de ce côté des promenades matinales : je me suis mis alors à votre recherche, et me voilà.

— Votre mère ignore donc encore que vous êtes ici?

— Elle l'ignore.

— Courons bien vite auprès d'elle, mon cousin ; elle a hâte de vous embrasser.

En disant ces mots, elle prit familièrement le bras d'Adrien et l'entraîna dans la direction de Saint-Martin, non sans remarquer que, pendant l'année qu'il venait de passer hors de France, il avait beaucoup vieilli. Ses joues s'étaient creusées; ses cheveux, qu'il avait très-abondants et qu'il portait coupés ras, étaient devenus presque blancs. Sa barbe seule, à peine rayée de quelques poils gris, restait noire, comme le dernier vestige de sa jeunesse expirante.

Péniblement émue, mademoiselle de Neyrolles se garda bien d'en rien laisser paraître, et, de peur d'être devinée, elle se mit à parler avec volubilité, caressante et rieuse.

C'est une impression toute contraire qu'éprouvait Adrien en la regardant, et cette impression, il ne cherchait pas à la taire. Avec un enthousiasme qui, s'exprimant par une bouche d'homme mûr, surprenait la jeune fille, il s'extasiait librement sur sa beauté, comme l'eût fait un adolescent emporté dans l'ivresse d'un premier amour. Il admirait sa taille souple et robuste, son cou aux fines attaches, ses mains blanches et allongées, son teint éblouissant, ses cheveux bruns négligemment jetés dans un filet invisible sous un chapeau de paille et qui roulaient dans son dos avec des reflets

que les jeux de la lumière doraient et
bleuissaient tour à tour. Il ne se lassait pas
de contempler la pureté de ses traits, le
dessin de son front, ses lèvres roses, ses
yeux à la fois candides comme ceux d'un
enfant innocent et langoureux comme ceux
d'une femme dont une brûlante passion a
touché le cœur.

— Que vous êtes embellie! lui disait-il.
Que de grâce vous portez en vous!

Il lui parla longtemps sur ce ton. Elle
l'écoutait, étonnée et un peu confuse de
l'entendre se complaire à ces flatteries dont
elle ne suspectait pas la sincérité, mais
qu'elle n'attendait pas de lui et qui ressem-
blaient trop au langage que dans ses rêves
lui tenait Jacques de Chanzay. A deux ou
trois reprises, elle voulut l'arrêter, mais ce
fut en vain.

Alors, dégageant doucement son bras
qu'il tenait sous le sien, elle se pencha pour

cueillir une touffe de chèvrefeuille, perdue
dans les broussailles qui longeaient le
chemin resserré en cet endroit entre les
murs gazonnés de deux fermes, et lui dit
avec un sourire :

— Puisque vous voulez continuer, mon
cousin, laissez-moi cueillir un bouquet derrière lequel je pourrai cacher ma rougeur.

Sous ces paroles devina-t-il un reproche ?
Il est permis de le croire, car il s'interrompit
et murmura, entraîné par une sensation
plus forte que sa volonté :

— Pardonnez-moi, chère enfant, mon
cœur déborde; il y a si longtemps que je
vous ai vue, et je vous aime tant.

Elle se trouva contre lui, et deux lèvres
fiévreuses déposèrent un baiser sur ses
cheveux. Après une longue séparation, une
étreinte aussi passionnée peut s'expliquer,
et Clarisse n'en aurait pas été troublée, si en
levant les yeux sur Adrien elle n'eût deviné,

à la pâleur et au tremblement de ses lèvres,
l'émotion à laquelle il était en proie. Inter-
dite, inhabile à lire dans cette âme qui
lui revenait plus éprise encore qu'autrefois
et dont la préoccupation venait de se
trahir, elle comprenait cependant que la
confiance tranquille qui régnait durant les
années précédentes entre elle et son cousin
était maintenant menacée.

Ils se remirent en route entre des blés
dont les épis d'or, balancés par la brise
marine, s'inclinaient devant et derrière eux.
Adrien recouvra bien vite son calme, et
Clarisse se sentit rassurée quand il lui dit :

— Avez-vous été heureuse pendant mon
absence ?

— Rien n'a manqué à mon bonheur, si
ce n'est vous.

— Vous m'aimez donc un peu ?

— Je serais bien ingrate si je ne vous
aimais pas après tout ce que vous avez fait

6

pour moi. Vous m'avez créé une existence
bénie, vous m'avez rendu une mère, vous
m'avez donné un ami fidèle... Qu'il ne
parte plus, cet ami, qu'il cesse d'aller au
loin, en laissant derrière lui deux cœurs
qui le pleurent, et je serai bien heureuse.

— Il dépend de vous qu'il se fixe à jamais
à vos côtés, reprit Adrien.

— De moi! s'écria Clarisse; parlez vite
alors, que faut-il faire? Le talisman qui doit
vous retenir ici est-il en ma puissance?

Elle le regardait de ses grands yeux lim-
pides dont l'expression arrêta le cri qui
allait lui échapper. Il n'osa s'expliquer plus
clairement.

— Nous causerons de ces choses un peu
plus tard, Clarisse, fit-il; si j'ai quelque
confidence à vous faire, je sais bien qu'elle
tombera dans une âme disposée à l'ac-
cueillir.

— Oui, certes, répondit-elle, d'autant

mieux disposée que cette âme elle-même a son mystère et veut vous le révéler.

— Un mystère ! vous, mon enfant... dites vite.

Elle était rouge comme une cerise. Elle balbutia...

— Nous avons le temps... rien ne presse.

— Je le devine, votre mystère, fit-il très-ému. Dans la foule de ceux qu'a enchantés votre beauté, vous aurez remarqué quelque beau jeune homme...

— Je ne sais s'il est beau, je ne sais s'il est jeune, mais il est bien vrai que je l'aime.

Une pâleur subite défigura Adrien Garnay et mit à nu si vivement son angoisse que Clarisse, frappée au cœur, eut la révélation soudaine du secret auquel il venait de faire allusion.

— Juste ciel ! il m'aime ! pensa-t-elle épouvantée.

— Son nom ? demandait Adrien.

Ce nom, elle n'eut pas le courage de le prononcer, et sa présence d'esprit lui dicta une autre réponse que la réponse que sollicitait son cousin.

— Je vous le ferai connaître quand vous-même vous m'aurez révélé le secret dont vous m'avez parlé, dit-elle d'une voix brisée.

Ils arrivaient au château, et, sans ajouter une parole, ils se séparèrent. Clarisse courut s'enfermer dans sa chambre, afin de cacher l'indicible terreur qui s'était emparée d'elle, tandis qu'Adrien se rendait auprès de sa mère, en essayant de dominer le trouble violent qui l'agitait.

XI

La baronne venait d'apprendre l'arrivée
de son fils. Toute bouleversée, elle s'était
habillée à la hâte pour le recevoir, et avant
même qu'il eût franchi le seuil de son
appartement, elle était entre ses bras,
rendue muette par l'excès d'un bonheur si
soudain. Après les premiers baisers, elle
l'entraîna, le fit asseoir sur un canapé à seé
côtés, et alors seulement elle fut assez maîtresse d'elle pour l'interroger.

Elle voulait savoir pourquoi il était arrivé
à l'improviste, sans la prévenir. N'était-il
pas malade? Avait-il pris la résolution de
renoncer à ces voyages qui causaient à sa
mère tant de cruelles angoisses? Ne voulait-il
pas se consacrer à elle désormais? N'avait-il
pas fait d'assez nombreux sacrifices à la

6.

science? Et les questions, sur ses lèvres tremblantes, se pressaient, se multipliaient, et Adrien ne pouvait placer un mot.

Quand il put enfin parler, il rassura sa mère, en lui promettant de ne plus partir.

— Je serai tout à vous maintenant, ô la meilleure et la plus chère des amies. J'ai payé d'un prix bien lourd la conviction que rien de ce que peut donner la science ne vaut la douceur des tendresses maternelles.

Tandis qu'il parlait, elle le dévorait des yeux, et, frappée comme Clarisse par les changements survenus en lui, elle dit :

— Comme tu es maigre et pâli, mon enfant! Ah! je ne te quitte plus. Mes soins te sont désormais nécessaires. C'est trop affronter la fatigue et le péril; ils auraient raison de toi. Ta place est ici pour toujours.

Et de nouveau elle l'embrassait, et il sentait le secret de son amour gonfler son cœur jusqu'à le faire éclater.

— Ce ne sont ni les périls ni les fatigues qui m'ont fait tel que me voilà, ma mère, reprit-il tout à coup.

— Qu'est-ce donc alors ?

— Ah ! chère maman, je suis bien malheureux !

Ses genoux fléchirent, et, comme lorsqu'il était petit, il posa sa tête sur le sein maternel, qu'il mouilla de ses larmes.

— Malheureux ! toi ! s'écria la baronne alarmée ; mais parle, parle-moi, mon fils ; je veux savoir...

— Eh bien ! oui, vous saurez tout.

Il fit l'aveu de son amour, de cet amour profond et fort qui, depuis deux ans, était l'unique souci de sa vie. Il adorait Clarisse, il ne pouvait vivre sans elle. C'était une passion implacable, folle, il le savait bien, mais qui dominait sa raison et qu'il était hors d'état de vaincre. Elle réclamait impérieusement une satisfaction ; mais, d'autre part, il savait bien qu'il était trop vieux pour devenir l'époux de Clarisse, que jamais la radieuse jeunesse de cette créature accomplie ne s'allierait à la maturité d'un homme qu'elle ne pouvait aimer que comme un père...

— Tu te trompes, mon enfant, interrompit tout à coup la baronne; le rêve que tu as caressé n'est pas irréalisable.

Et, à son tour, elle décrivit la tristesse de Clarisse, ses préoccupations, son mutisme, puis sa joie quand elle avait su qu'Adrien rentrait en France; mais il secouait la tête.

— Non, vous vous êtes fait illusion, ma mère; ce n'est pas mon absence qui causait ses tourments. Elle aime, elle aime passionnément; elle me l'a dit, et quand j'ai tenté de connaître le nom de celui qui occupe ses pensées, elle a refusé de répondre.

— Mais c'est toi qu'elle a voulu désigner! s'écria triomphalement la baronne, qui étayait sur ses observations et ses remarques un roman plus conforme à ses désirs qu'à la réalité. Elle ne pouvait parler plus clairement, la chère mignonne, ni se jeter à ta tête sans savoir si tu partageais ses sentiments.

— Croyez-vous, ma mère? demanda Adrien ébranlé.

— Je ne crois pas; je suis sûre de la vérité de mes affirmations. Au surplus, aujourd'hui même nous saurons à quoi nous en tenir, car j'interrogerai Clarisse.

— Et si vous vous êtes trompée, si ce n'est pas moi qu'elle aime!

La baronne garda le silence, les yeux baissés et pensive.

— La reconnaissance lui dictera son devoir. Elle nous doit tout.

— Qu'elle m'épouse quand son cœur est à un autre! Je n'accepterai pas ce sacrifice.

— Mon enfant, tu as commencé par dire

que tu ne peux vivre sans Clarisse! répliqua gravement la baronne. A ton âge, on ne parle pas à la légère, et, quand tu m'as tenu ce langage, tu étais sans doute sincère. Il s'agit donc ici, non peut-être de sauver ta vie, mais du moins de t'épargner la plus cruelle douleur. Je ne veux ni te perdre ni te voir malheureux, et Clarisse ne le veut pas davantage. J'ai encore l'espoir que c'est toi qu'elle aime; mais, si mon espoir était déçu, si j'avais à trembler pour le bonheur de l'un de mes deux enfants, je connais assez la grandeur d'âme de la chère petite pour pouvoir assurer qu'elle saurait s'immoler au tien, lequel est aussi le mien, et se résigner à son sort. Et après tout elle ne serait pas bien à plaindre. Tu as, à la vérité, vingt-deux ans de plus qu'elle; mais tu lui apportes un cœur que les passions n'ont pas même effleuré et à la jeunesse duquel elles n'ont rien pris. Ce n'est pas comme une aumône qu'elle t'accorderait sa tendresse et que tu devrais en jouir, mais comme un bien que tu as mérité et dont tu es digne autant que les plus dignes.

En parlant à son fils ce langage dont toutes les mères comprendront l'égoïsme, la baronne était sincère. Il était dans son rôle de ne voir que les nobles et incontestables qualités d'Adrien, de ne tenir aucun compte des dispositions de sa fille adoptive, des aspirations d'un jeune cœur, et de se figurer que ce qu'il y avait de disproportionné dans l'union qu'elle souhaitait serait aisément compensé pour Clarisse par l'étendue de la tendresse qui s'offrait à elle.

C'est sous l'empire de ces pensées qu'elle se rendit auprès de mademoiselle de Ney-rolles qu'elle voulait interroger et initier à ses inquiétudes maternelles.

Hélas! celle-ci n'avait plus rien à appren-dre. Ce qu'elle savait du mal que cause

l'amour dans un cœur méconnu ou qui
n'ose avouer ce qu'il pense avait suffi pour
éclairer son esprit et lui révéler les secrètes
anxiétés d'Adrien. Elle connaissait pour les
avoir subis le trouble, l'émotion, l'angoisse,
qu'il n'avait pas su lui taire, et sa propre
expérience lui permettait de lire dans l'âme
de son cousin aussi clairement que dans la
sienne. Elle était anéantie par sa découverte.

— Il m'aime comme moi j'aime Jacques !
se disait-elle.

Et cette constatation d'un fait désormais
indéniable lui causait le chagrin le plus
amer. Que répondrait-elle à Adrien quand,
au nom des innombrables bienfaits qu'il
avait répandus sur elle, il viendrait lui
demander de le rendre heureux en lui
accordant sa main ? Bien qu'ignorant encore
quelle force l'âge donne à nos passions,
elle comprenait que celle d'Adrien ne pouvait être ni banale ni passagère, qu'elle

vivrait autant que lui-même, et qu'y répondre par un refus, c'était vouer le malheureux à une douleur éternelle dont sa mère
subirait le contre-coup. Mademoiselle de
Neyrolles se trouvait donc en présence d'un
grand sacrifice à accomplir, et pour la première fois partagée entre les nécessités d'un
devoir impérieux et les exigences d'un
amour à qui elle s'était donnée tout entière.

Quand madame Garnay entra dans sa
chambre, cette lutte cruelle n'avait pas
pris fin, car, atteinte dans son bonheur à
l'heure où elle en croyait la réalisation
assurée, Clarisse se révoltait contre la fata-
lité qui menaçait de l'écraser. La présence
de la baronne apaisa tout à coup ses révoltes;
elle sentit qu'elle touchait à la crise déci-
sive de sa vie, qu'on venait lui demander
le sacrifice de son amour, et qu'elle tenai'
dans ses mains le destin de son cousi

7

comme le repos de sa bienfaitrice. Avec un héroïsme qui n'eut pas de témoins et qui devait rester ignoré, elle abdiqua tout désir qui serait contraire au désir d'Adrien, toute volonté qui ne serait pas conforme à celle de la baronne, et elle attendit.

— J'ai à te parler de choses graves, ma fille, dit madame Garnay en s'asseyant, violemment émue et comprenant peut-être, en présence de cette enfant si jeune et si belle, combien imprudente et cruelle était la proposition qu'elle venait lui faire.

— Parlez, chère tante, répondit Clarisse, essayant de sourire.

— Ma chère petite, mon fils demande ta main. Il t'aime ; il dit qu'il mourra si tu la lui refuses, et alors, tu comprends, plutôt que de le perdre...

La baronne dit ces choses rapidement, d'un trait ; puis elle s'arrêta, étreinte par une émotion qui étranglait sa voix dans sa gorge, activait les battements de son cœur, et elle fondit en larmes. Elle avait préparé tout un beau discours éloquent et persuasif pour plaider la cause de son fils et décrire le tableau du bonheur qu'il préparait à sa femme ; mais elle dut renoncer à le faire entendre, car la tristesse empreinte sur les traits de Clarisse lui montra sur-le-champ qu'elle s'était trompée en supposant que celle-ci aimait Adrien.

— Miséricorde ! s'écria-t-elle tout à coup en voyant mademoiselle de Neyrolles pleurer aussi sans répondre, tu refuses ! Alors tout est perdu.

— Non ! non ! je ne refuse pas, répondit vivement Clarisse en se jetant à ses pieds. Apaisez-vous, ma chérie; je serai toujours l'enfant docile que vous avez élevée, toujours prête à vous obéir. Comprenez seulement ma surprise. Je n'étais pas préparée à la démarche de mon cousin. J'avais peut-être caressé d'autres rêves, ajouta-t-elle en baissant la voix.

— Quel est donc celui que tu aimes ? demanda timidement la baronne en essuyant ses yeux, apaisée déjà par la résignation spontanée de mademoiselle de Neyrolles.

— A quoi bon le nommer ? Puisque je ne dois plus le connaître, autant l'oublier dès à présent.

Ce fut dit si simplement que, sous la mélancolie de ce timide regret, madame Garnay ne devina pas la grandeur du sacrifice. Elle crut que l'amour auquel Clarisse avait fait allusion n'était que le fruit d'un caprice, éclos dans une imagination romanesque, sans racines dans le cœur.

— Soit; ne le nomme pas, fit-elle soulagée; j'aime mieux ne pas le savoir; seulement, il serait nécessaire d'être plus discrète encore envers Adrien; car, s'il soupçonnait qu'avant d'apprendre qu'il t'aime

tu avais conçu des projets auxquels il était
étranger, il craindrait de t'imposer une
épreuve trop cruelle et préférerait renoncer
à toi. Et alors il en mourrait!...

— N'ayez nulle crainte, chère mère,
reprit mademoiselle de Neyrolles avec
effort ; vous serez contente de moi.

— Que Dieu te rende en bonheur ce que
tu fais pour mon fils, dit la baronne tout
attendrie en embrassant Clarisse. Moi, je te
le rendrai en tendresse, et Adrien te le
rendra en un éternel amour.

Clarisse ne revit son cousin qu'à l'heure
du déjeuner. Pendant le repas, elle offrit
un front si calme aux regards inquiets qu'il
dirigeait de son côté, comme s'il eût voulu
sonder son cœur, qu'il ne vit rien du désespoir qui grondait au fond d'elle et dont elle
refoulait courageusement l'éclat. Au moment où l'on quittait la table, elle sortit et,
sur un signe d'elle, il la suivit dans le parc.

— Il est donc vrai que vous m'aimez!
demanda-t-elle quand ils furent seuls.

— C'est vrai! fit-il humblement.

— C'est sans doute à la confidence de
cet amour que vous faisiez allusion ce
matin ?

— Vous l'auriez compris à mon trouble,
si vous aviez l'expérience des angoisses
qu'un tendre sentiment déchaîne en nous.

Elle les connaissait bien, ces angoisses :
elle en avait déjà souffert; mais elle se
garda bien d'en faire l'aveu. D'une voix
qui tremblait un peu, elle dit :

— Eh bien, mon cousin, je vous avoue-
rai maintenant ce que je vous aurais avoué
ce matin, si vous aviez été un peu plus
explicite : c'est que je suis fière que vous
m'ayez jugée digne de porter votre nom et
d'être associée à votre vie. Je m'efforcerai
de contribuer à votre bonheur.

Averti par sa mère, Adrien s'attendait à

cette réponse. Il en fut ému cependant au
point de ne pouvoir d'abord prononcer une
parole. Il prit dans ses mains les mains de
Clarisse ; elles étaient glacées; mais il ne
s'en aperçut pas. Il les couvrit de ses baisers, fiévreusement, et elle le laissa faire
avec docilité, commençant dejà l'appren-
tissage de l'existence à laquelle elle se rési-
gnait pour le rendre heureux. Au bout de
quelques instants, il ajouta :

— Ce matin, vous aussi vous parliez
d'un secret que vous vouliez me confier,
vous faisiez allusion à quelqu'un distingué
par vous, aimé déjà ; vous deviez le nommer plus tard.

— N'avez-vous pas deviné son nom ?
fit-elle les yeux baissés.

— Est-ce bien vrai ? Ah ! Clarisse, soyez
sincère, et ne vous croyez pas liée par la
reconnaissance au point de me sacrifier vos
désirs. S'ils ne sont pas conformes aux

miens, dites-le-moi; je sais ce que m'impose
mon âge, je serai vaillant... Je repartirai,
et à mon retour...

Elle lui mit la main sur la bouche :

— Je ne vous ai pas donné le droit de
douter de ma parole.

— C'est que j'ai tant de peine à croire
à mon bonheur !

— Croyez-y, Adrien, et jouissez-en sans
crainte.

Alors il fut à ses pieds, et cette fois elle
entendit les accents de la passion, telle
qu'elle éclate dans un cœur parvenu à l'âge
où les sentiments sont puissants et immua-
bles. Elle se laissa d'abord bercer complaisamment par ses paroles ardentes qui réson-
naient à son oreille pour la première fois ;
elle fermait les yeux et se figurait que celui
qui lui parlait ainsi était mince, blond et
pâle, beau de jeunesse et de grâce, et qu'il
se nommait Jacques de Chanzay. Mais l'illu-

sion ne pouvait être de longue durée et cessa; alors Clarisse ressentit une grande lassitude; comme si son héroïque mensonge eût épuisé ses forces, il lui semblait qu'elle allait défaillir. Elle murmura : — Assez ! assez ! éloignez-vous, je vous en prie; laissez-moi, — et, pour atténuer ce que cette prière pouvait contenir de cruel, elle ajouta : — Il faut être indulgent, je ne suis pas faite au langage que vous me tenez.

Adrien se releva tout enivré de son bonheur.

— Oui, je m'éloigne. Soyez calme, ma chère aimée; apaisez-vous !

Elle demeura immobile, clouée à cette place, presque écrasée par le baiser qu'avant d'obéir il venait de laisser tomber sur son front. Puis se voyant seule, elle laissa éclater sa peine trop longtemps contenue, se jeta sur le sol, et, le front dans ses mains ouvertes sur l'herbe, elle pleura librement.

7.

Mais ces larmes ne pouvaient rien contre l'énergie de sa résolution, et le mois suivant mademoiselle de Neyrolles épousa le baron Adrien Garnay.

XII

Le marquis Jacques de Chanzay n'était ni
meilleur ni pire que la plupart des hommes
de son temps. Il appartenait à une maison
ancienne chez qui l'amour de la patrie et le
culte de l'honneur furent toujours considérés
comme les bases fondamentales d'une éducation virile. En remontant dans le passé,
en étudiant l'histoire de ses aïeux, il n'y
trouvait que de nobles exemples et d'élo-
quentes leçons; mais, comme la plupart des
héritiers des vieilles races, il avait dégénéré
et n'apportait plus dans la conduite de sa
vie ces fortes vertus qui étaient jadis l'apa-
nage ordinaire de la noblesse française et
qui se maintinrent intactes parmi celle des
provinces jusqu'à la Révolution.

A trente ans, il avait épuisé les émotions

de l'existence; orphelin de bonne heure,
privé des conseils de son père et des tendresses maternelles sous l'action desquelles
l'âme s'assouplit, s'épure et s'élève, il
s'était trouvé seul, libre et riche, en présence des séductions parisiennes, à un âge
où, pour franchir ces écueils difficiles, tout
homme a besoin d'un guide expérimenté,
et, à défaut de ce guide, de se sentir aiguil-
lonné par le plus puissant de tous : la nécessité.

Pour affronter ces séductions, n'y pas
succomber et en sortir sans avoir rien perdu
de cette fraîcheur de l'âme et de l'esprit qui
est le plus fragile et le plus précieux des
biens, il aurait fallu une nature autrement
vigoureuse et mieux trempée que celle de
Jacques de Chanzay. Semblables à ces tour-
billons qui troublent parfois, à la surface
des fleuves, les eaux profondes et ne rendent jamais la proie qu'ils ont saisie, elles

l'enveloppèrent de toutes parts. Spirituel et beau, il eut les femmes qui se livrent par faiblesse et par désœuvrement ou victimes des apparences de l'amour, et les femmes qui se donnent par calcul. Ses aventures galantes firent du bruit. Il en est une qui se dénoua par un duel où le mari qu'il avait outragé tomba sous ses coups. Les autres eurent un dénoûment tragique, mais ne lui firent pas plus d'honneur.

Il attacha son nom à bien d'autres folies. A deux reprises, le jeu lui prit sa fortune et négligea de la lui rendre, négligence qui n'eût pas été du goût du jeune marquis, si dans ces deux circonstances l'un des héritages que l'avenir lui avait assurés ne fût venu combler à temps le gouffre creusé par ses passions.

Il fut toujours réputé comme le gentilhomme le plus endetté de France, même quand on le savait en possession de plusieurs millions, mais aussi comme celui qui dépensait le mieux son argent. On le citait de même pour l'excentricité de ses équipages, pour sa manière de s'habiller, de se coiffer, de parler.

Il fit école et eut des imitateurs; on vit à sa suite un cortége de jeunes oisifs taillés à sa ressemblance, sans posséder ses rares qualités, s'étudier à marcher comme il marchait, d'un air indolent et ennuyé qui révélait ou feignait une profonde lassitude de la vie, de ses obligations les plus sacrées et même de ses plaisirs.

On dira avec raison que, pour les citoyens d'un grand pays à qui une haute condition sociale impose autant de devoirs qu'elle leur départit de priviléges, il y a d'autres sujets de préoccupation que la galanterie, le cheval, l'escrime et le jeu, et un but plus noble à poursuivre que celui de personnifier, dans ce qu'il présente de plus correct, le type du viveur moderne.

C'est cependant à la réalisation de ce type
que paraissaient s'être bornées les ambi-
tions de Jacques de Chanzay. S'il se sauva
de ce que contient de vulgaire une carrière
ainsi limitée, c'est que la fierté propre à sa
race n'était pas morte en lui, c'est qu'en
attendant d'arracher à son cœur un tressail-
lement en faveur de quelque cause généreuse, elle le défendait contre la banalité des
choses et en faisait un héros de scandale,
comme en des temps de malheur et de
guerre elle en aurait peut-être fait un héros
de courage.

Tel est l'homme qu'aimait Clarisse de
Neyrolles. Au moment où l'amour avait pris
possession d'elle, sa candeur l'empêcha
d'apprécier à leur réelle valeur et sous leur
vrai jour la conduite et l'âme de Jacques de
Chanzay. Il est dans le vice des degrés
qu'une imagination pure ne descendra
jamais; l'expérience de la vie et le contact

des perversités sociales peuvent seuls les lui faire deviner.

C'est plus tard seulement que Clarisse devait se rendre compte de l'indignité de celui à qui son cœur l'avait donnée. Lorsqu'elle connut la vérité, elle en conçut un amer chagrin. Mais alors elle ne s'appartenait plus ; elle était mariée depuis trois mois. Néanmoins, loin de la détacher de Jacques et de la guérir de sa passion, cette découverte en aviva l'ardeur et lui inspira de déchirants regrets. Dominée par cette confiance en soi qui est le privilége de la jeunesse, convaincue que sa tendresse aurait imprimé à la conduite de M. de Chanzay une meilleure direction, elle se désespéra d'avoir perdu le droit de réaliser le rêve que toute femme a caressé, c'est-à-dire de ramener au bien celui qu'elle aime.

C'est ainsi qu'après avoir accepté par dévouement le nom d'Adrien Garnay, il lui

fut impossible de compléter par le don de
son cœur, abandonné à un autre amour, ce
sacrifice cruel de sa personne et de sa destinée.

— Ma vie est perdue, se disait-elle quand
elle tentait de sonder l'avenir. Je ne connaîtrai jamais les félicités de l'amour ; je suis
condamnée à feindre une affection que je
n'éprouve pas, à écouter des accents qui ne
soulèvent en moi que tristesse, à subir des
caresses dont je suis horriblement lasse. La
mort seule me délivrera de ce tourment.

Et alors elle pleurait sur elle-même, sur
ses jours détruits, sur les biens dont elle
avait espéré la possession et qui s'étaient
dérobés au moment où elle croyait les atteindre. Ce qui ajoutait à sa peine, c'est le doute
dans lequel elle était toujours restée quant
aux sentiments de Jacques de Chanzay ;
c'était de n'avoir pu pénétrer ce cœur qu'elle
souhaitait à l'image du sien. L'aimait-il ?

Souffrait-il comme elle? Partageait-il ses regrets?

Voilà ce qu'elle brûlait de savoir, non qu'elle eût conçu des désirs criminels et entrevu dans l'avenir la possibilité d'une faiblesse qui ne lui donnerait quelques instants de bonheur que pour la livrer à des remords sans fin, mais parce qu'il lui semblait que la douleur de Jacques allégerait la sienne et que la communauté de leur souffrance, alors même qu'ils étaient condamnés à n'en parler jamais, à vivre séparés et impuissants à se consoler, aurait pour résultat d'en adoucir pour l'un et pour l'autre l'amertume et la rigueur.

Puis elle pensait, non sans terreur, qu'elle était exposée à se trouver inopinément quelque jour en présence de M. de Chanzay. Serait-elle assez forte alors pour ne pas se trahir? lui-même la reverrait-il sans émotion? Ne lirait-il pas au fond d'elle ses véri-

tables sentiments? Elle redoutait cette rencontre et la désirait, partagée entre une
crainte indicible et une espérance mystérieuse qu'elle n'osait creuser, qu'elle chas-
sait de son esprit, qui mettait à ses joues
de subites rougeurs, et au delà de laquelle
elle n'apercevait rien qu'un abîme sans
fond, qui tour à tour l'attirait et lui faisait
horreur.

Voilà quelles angoisses troublèrent le
repos de Clarisse aux débuts de son mariage.
Ce temps, qui pour les jeunes épousées est
presque toujours radieux et béni, doré d'illusions si douces qu'on l'a poétiquement
appelé « la lune de miel », fut pour elle un
temps maudit dont le souvenir, à ce qu'il
lui semblait, lui serait éternellement odieux.

Et cependant, tel était son courage, tel
l'empire qu'elle conservait sur elle-même,
qu'elle ne cessa d'offrir aux regards de son
mari un front paisible, à peine voilé d'une

expression de mélancolie, sous laquelle de plus expérimentés que lui auraient deviné peut-être un mal douloureux, une résignation prête à se transformer en révolte, mais qui suffit à lui dérober la vérité.

Contrainte, par la tâche même qu'elle s'était imposée, d'accoutumer ses yeux et ses lèvres au mensonge, afin qu'Adrien ne soupçonnât pas sa peine, Clarisse fut alors malheureuse à en mourir. Elle versa d'abondantes larmes qu'il ne vit pas, comme si d'une union que menaçaient les orages il était destiné à ne connaître d'abord que les suavités, c'est-à-dire la tendresse qu'une femme jeune et belle prodigue à l'homme qu'elle a juré de rendre heureux.

La vieille baronne Garnay ne fut pas plus clairvoyante que son fils. Même après avoir pesé sur les décisions de Clarisse, en écoutant son égoïsme maternel plus que la raison, elle avait conçu quelques craintes pour l'avenir. Peu de jours avant le mariage, un remords s'était éveillé en elle au spectale de l'adolescence en fleur qu'elle associait à la maturité précoce d'Adrien.

— Seront-ils heureux? s'était-elle demandé alors. Peuvent-ils l'être? — Et, sous ses cheveux blancs, son front s'était courbé pensif et inquiet. Mais trompée ensuite par l'apparente sérénité de Clarisse, pressée de voir les vœux de son fils réalisés, elle avait laissé les événements s'accomplir, non entièrement rassurée, mais confiante dans la sagesse, la reconnaissance de sa fille adoptive.

— Es-tu satisfaite, ma chère enfant? lui disait-elle de temps en temps.

— Très-satisfaite, ma mère, répondait invariablement Clarisse.

— Tu ne m'en veux donc pas d'avoir voulu diriger tes déterminations? Tu formais d'autres projets...

— Laissons ces souvenirs à l'oubli auquel ils appartiennent, reprenait la jeune mariée. Sachez seulement que vous n'aurez jamais à regretter de m'avoir confié le bonheur de votre fils.

Accompagnées d'un baiser et d'un sourire, ces paroles encouragèrent les illusions de madame Garnay, apaisèrent peu à peu ses appréhensions.

— Que Dieu féconde leur mariage, pensait-elle ; qu'il leur accorde un enfant ; qu'il rende ainsi plus forts les nœuds qui les unissent, et leur bonheur deviendra indestructible.

XIII

Tandis qu'au fond de la Normandie une belle jeune femme souffrait à cause de lui ces cruelles angoisses, Jacques de Chanzay menait avec son flegme habituel son existence bruyante et accidentée. C'est à Bade qu'il eut connaissance du mariage de mademoiselle de Neyrolles ; mais cette nouvelle le laissa parfaitement impassible.

Eh quoi ! dira-t-on, habile à lire dans les cœurs féminins, accoutumé à les séduire, n'avait-il pas deviné le secret de Clarisse, les adorations muettes et ardentes dont il était l'objet de la part de cette enfant candide ? Il faut le croire, puisqu'en apprenant qu'elle avait enchaîné sa liberté, il n'en éprouva ni peine ni dépit.

Il est vrai qu'en ce moment il goûtait les

premières douceurs d'une de ces passions
accidentelles, si fréquentes dans sa vie, qui
l'absorbaient entièrement jusqu'à l'heure
où elles commençaient à lui peser et où il
songeait à en secouer le joug. Il était amou-
reux, oui, si l'on peut considérer comme
de l'amour le désir brutal qui l'avait jeté un
soir aux pieds d'une chanteuse à la mode,
une de ces femmes dont la conquête para-
chève une réputation de viveur.

Il n'était pas besoin, d'ailleurs, de cet
éphémère caprice pour le rendre insensible
à l'évenément qui venait de transformer la
destinée de mademoiselle de Neyrolles. Il
n'avait jamais songé à l'épouser. Il était de
ceux qui considèrent le mariage non comme
un commencement, mais comme une fin.
Rendus incrédules et sceptiques par leurs
propres fautes, doutant de tout, même de
la vertu, ils se garderaient bien d'associer
leur destinée à celle d'une créature belle et

séduisante, dans la crainte de subir le sort qu'ils ont infligé à d'autres, d'être trompés autant qu'ils ont trompé, et punis par là où ils ont péché.

Il avait admiré Clarisse pour ses dons extérieurs ; il ne l'avait pas aimée. Son admiration elle-même s'était bornée à cette réflexion, dans laquelle on reconnaîtra l'esprit d'un homme de plaisir à qui les femmes n'inspiraient aucun respect :

— Il sera temps de faire la cour à cette adorable fille quand elle aura un mari.

Lorsqu'il apprit que Clarisse portait le nom d'Adrien Garnay, dont il connaissait l'âge, une expression railleuse anima ses yeux et ses lèvres :

—Encore une à la mer ! se dit-il ; mais ce nigaud de Garnay n'aura que ce qu'il mérite. Il faut être fou, après avoir passé la quarantaine, pour confier son honneur et son repos à une splendide créature qui n'a pas vingt ans.

8

Au commencement de l'hiver suivant, il était un soir chez madame de La Lande-Rocroy, cette vieille amie de la baronne Garnay, que nous avons déjà présentée à nos lectrices, et dans le salon de laquelle il avait rencontré Clarisse pour la première fois. Mélancoliquemet adossé contre une porte, il regardait se dérouler sous ses yeux une longue chaîne de valseurs dont les ébats le laissaient insensible, n'ayant pas même la liberté de s'enfuir, cloué là par une urgente nécessité.

Il se trouvait arrivé à un moment que bien des fois il avait prévu. Ses ressources étaient épuisées, ses dettes démesurément grossies. Le mariage seul lui offrait le moyen de sortir de l'impasse dans laquelle le traquaient ses créanciers à bout de patience et impitoyables.

Il n'était venu à ce bal qu'afin d'y rencontrer une nièce de madame de La Lande-

Rocroy, vieille fille de trente ans, riche à
miracle, laide autant que riche, et qui se
montrait disposée à relever de ses ruines le sémillant marquis de Chanzay. Jusqu'à ce jour
mademoiselle Caroline de Costigan s'était
refusée à choisir un mari, sachant bien qu'on
ne l'épouserait que pour son argent; puis
tout à coup, revenant, par un inconcevable
caprice, sur ses résolutions, elle s'était dé-
cidée à faire une exception en faveur de ce
grand coureur d'aventures que nulle femme
parmi les plus belles n'avait pu retenir, et
qu'elle se flattait de fixer à jamais à ses
côtés. Il n'est qu'une laideron pour concevoir des visées aussi audacieuses. Mademoiselle de Costigan avait fermé l'oreille à tous
les conseils, à toutes les prédictions qu'on
lui faisait entendre, et par l'accueil qu'elle
venait de faire à Jacques on voyait bien
qu'elle était prête à s'unir à lui.

Après avoir longuement causé avec elle,

il s'était retiré dans un coin du salon, tandis qu'elle dansait intrépidement, s'abandonnant à l'un des soupirants qui, dix fois repoussés, ne se tenaient pas pour battus, et la poursuivaient de leurs hommages, espérant encore qu'elle se laisserait fléchir.

— Voilà donc la vie, se disait-il avec tristesse. J'en ai goûté largement toutes les émotions, toutes les jouissances, et, après m'avoir traité en enfant gâté, elle m'a retiré ses faveurs, ne me laissant d'autre perspective que celle d'une destinée incolore, dépouillée de tout attrait, en compagnie d'une femme que jamais je n'aimerai!

Et ses yeux suivaient, dans le tourbillon de la valse, mademoiselle de Costigan, dont le corps trop maigre et trop long, le visage sans distinction, ne donnaient à un délicat tel que lui qu'une bien pauvre idée des félicités qu'elle réservait à son époux.

Sans doute il restait à cet aimable débau-

ché jeté à la côte comme un navire démâté
la ressource de continuer après son mariage
l'existence qu'il avait menée avant, et de ne
voir dans la fortune de sa femme qu'une
facilité donnée à ses passions, un moyen de
se remettre à flot. Mais, outre que le projet
lui répugnait comme une action de mauvais
goût, il ne se dissimulait pas qu'il atteignait
cette heure critique où, sous peine de devenir ridicule et méprisable, un homme
qui n'a vécu que pour le plaisir doit changer d'allure. Chaque matin, son miroir, lui
renvoyant son image, sa face pâle, préco-
cement ridée au coin des yeux, lui disait
que sa jeunesse était close, et qu'il ne pouvait plus espérer d'être aimé pour lui-
même.

Ainsi donc le mariage s'imposait à ce
libertin endurci; mais, à la veille d'en subir
les lois, il reconnaissait qu'il n'y pouvait
plus trouver ni le repos ni le bonheur, puis-

8.

qu'il avait perdu cette ingénuité de cœur, cette ardeur de l'imagination et des sens dont s'alimente la tendresse conjugale.

Ces réflexions l'obsédaient et lui causaient une noire tristesse. Il s'efforçait néanmoins de sourire pour se mettre à l'unisson des visages qu'éclairait autour de lui une joie bruyante. La gaieté voltigeait sur ses lèvres, mais le dépit remplissait son âme.

— Je m'étais promis de ne pas épouser une femme trop belle; je suis servi à souhait, pensait-il avec amertume.

Tout à coup, comme pour éloigner cette triste réflexion, il s'était retourné; il demeura stupéfait en voyant parmi la foule qui se pressait aux portes, attendant pour entrer dans le salon la fin de la valse, une jeune femme dont les beaux yeux noirs le regardaient avidement. Il la reconnut bien, car il n'en existait pas beaucoup comme elle.

Son corps charmant était artistement

drapé dans une robe de tulle dont la couleur semblable à celle des blés mûrs jetait sur le visage un reflet d'or. La pureté des formes se devinait aux épaules et aux bras nus ; les contours de la taille ronde et svelte en révélaient la souplesse. Rien de plus suave que cette figure, dont chaque trait offrait une perfection sculpturale, et qu'animait d'une vie puissante une expression particulière d'intelligence et de passion.

— Clarisse Garnay! murmura Jacques.

Il se sentit envahi par une émotion si nouvelle qu'il put croire pendant quelques minutes que son cœur flétri recouvrait tout à coup la fraîcheur de la première jeunesse.

— A quoi bon s'arrêter à la contemplation de cette exquise image? pensa-t-il avec colère : l'avenir n'est pas de ce côté; il est ici.

Son regard reprit la direction de mademoiselle de Costigan, qui, la valse finie, regagnait sa place avec la démarche un peu solennelle d'une femme qui se sait observée, sans comprendre combien la beauté de Clarisse accusait sa laideur.

Presque en même temps, la jeune baronne Garnay passa lentement, appuyée au bras de son mari, et touchant Jacques de si près qu'il sentit le doux parfum de violette répandu dans ses cheveux. Il en fut tout à coup enveloppé, pénétré, presque grisé, et cette ivresse rapide provoqua dans son esprit cette pensée cruelle, bien propre à accroître sa mélancolie et ses regrets :

— Que ne l'ai-je épousée, quand elle était libre?

— A qui la faute, si je ne suis à vous? répondirent les yeux noirs qui ne cessaient de le poursuivre et l'avaient deviné. Je vous aimais, et j'ai tout fait pour vous l'apprendre; mais vous n'avez pas voulu voir...

Cette réponse muette fut si claire qu'elle retentit en lui comme, dans un camp endormi, le clairon du combat. Le torrent de ses désirs fut brusquement déchaîné, et, sans amour, presque sans volonté, il fut dominé par un de ces entraînements tels qu'il en avait si souvent subi.

— Bonjour, monsieur de Chanzay, lui dit en ce moment Clarisse d'une voix qui tremblait un peu. Ne me reconnaissez-vous pas?

Il répondit par une phrase banale, en s'inclinant et en tendant la main à Adrien Garnay, qui s'informait de ses nouvelles, mais si troublé qu'il ne savait ni ce qu'il disait, ni ce qu'il faisait. Son émotion était visible, il le comprenait, et la pensée qu'il avait dans la personne de mademoiselle de Costigan, assise à quelques pas de lui, un témoin malveillant, acheva d'accroître son embarras.

— Je dois être bien ridicule, se dit-il.

Pour couper court à cette situation, et comme, en parlant, Clarisse avait quitté le bras de son mari, il lui offrit le sien et la conduisit dans un coin de ce vaste salon, où il avait aperçu deux siéges inoccupés. Le trajet était court; mais ce fut assez pour que Jacques devinât au tremblement de la baronne qu'elle partageait son émotion. Alors il oublia tout, le lieu dans lequel il se trouvait, l'objet qui l'y avait conduit, sa détresse matérielle, mademoiselle de Costigan, tout enfin pour ne plus comprendre qu'une chose, c'est qu'il était aimé.

En même temps, mille traits du passé, des paroles prononcées autrefois par Clarisse et auxquelles il n'avait attaché aucune attention lui revinrent en mémoire, révélèrent à son esprit la vérité qu'il n'avait pas su voir, et lui permirent de préciser le moment où celle qu'on nommait alors mademoiselle de Neyrolles s'était éprise de lui.

Il redevint sur l'heure le libertin qu'il avait toujours été. Cette jeune femme réduite à l'impuissance de se débattre, ainsi qu'une tourterele emportée entre les serres d'un aigle, ne fut plus à ses yeux qu'une proie de haut goût qu'il pouvait saisir à son gré. Elle lui inspira en quelques instants tout l'amour qu'il était capable de ressentir, c'est-à-dire une attraction dans laquelle son cœur n'avait aucune part.

C'est le trait commun à tous ceux qui ont abusé du plaisir de ne pouvoir connaître les pures douceurs d'une tendresse amoureuse, par suite de l'impossibilité où ils sont de goûter, au contact de l'affection réelle destinée à durer, une volupté plus vive qu'au contact d'une affection factice, destinée à passer.

XIV

Pendant ce temps, Clarisse, livrée à une terreur qui lui causait à la fois un mal horrible et un bien-être délicieux, se laissait entraîner, privée de forces, vaincue sans avoir essayé de combattre.

Ce qui se passait en ce moment, elle l'avait prévu. Depuis son mariage, elle s'était souvent vue par la pensée en présence de Jacques, et tant de fois elle avait frémi en songeant aux suites d'une telle rencontre comme aux conséquences d'une passion qui la rendait faible jusqu'à la folie, qu'elle était à cette heure écrasée sous l'implacable loi d'un destin plus fort qu'elle. Elle devinait l'émotion de M. de Chanzay comme lui-même devinait la sienne ; elle touchait du doigt le péril auquel l'exposait la brusque explosion des sentiments qu'elle venait d'allumer, et l'agitation qui s'était emparée d'elle avait pour cause la connaissance exacte de ce péril dont ses méditations lui avaient permis depuis longtemps de mesurer l'étendue.

Jacques souriait ; mais, placée près de lui, elle voyait ses lèvres trembler légèrement sous sa moustache, elle lisait dans ses yeux. Ils devinrent éloquents à ce point que, n'en pouvant supporter l'éclat, elle baissa les siens.

Ce muet entretien n'avait pas de témoins ; car, parmi les personnes qui se pressaient dans le saon de madame La Lande-Rocroy, aucun ne songeait à surveiller Clarisse pas plus qu'à surveiller M. de Chanzay. La réputation de madame Adrien Garnay était intacte, et l'on parlait déjà du mariage de Jacques avec mademoiselle de Costigan.

— Vous voilà donc mariée, dit Jacques à demi-voix. Clarisse n'ayant pas répondu,

9

il reprit : —Je me suis souvent demandé
comment, jeune et belle comme vous voilà,
vous avez pu choisir pour époux un homme
qui mérite assurément l'admiration de ses
contemporains, mais qui possède deux fois
votre âge, et dont la vieillesse anticipée ne
permet guère de croire qu'une femme semblable à vous puisse être heureuse auprès
de lui.

— Vous êtes-vous vraiment demandé
cela ? fit alors Clarisse.

— Oui, je vous le jure, c'est une question
que je me suis souvent posée depuis que je
vous sais mariée.

— N'avez-vous trouvé aucune réponse ?

— Aucune.

— Cela ne fait honneur ni à votre cœur,
ni à votre esprit, monsieur de Chanzay, répli-
qua-t-elle, en essayant de sourire, ainsi qu'il
souriait lui-même. Vous êtes cependant digne
de comprendre ce qu'une reconnaissance

forte autant que fondée peut inspirer d'affection à une âme généreuse, et ce que
l'admiration pour un mâle courage, pour des
services éclatants peut y tenir de place.

— Une âme généreuse, quand elle obéit
à la reconnaissance, se sacrifie ; quand elle
obéit à l'admiration, elle agit par enthousiasme. Ni dans un cas, ni dans l'autre, je
ne vois l'amour.

— Qu'importe, si les deux premiers sentiments tiennent lieu du trosième ! objecta
tristement Clarisse. Croyez-vous, d'ailleurs,
que l'amour, tel que vous l'entendez, soit
nécessaire au bonheur ?

— Je vous laisse le soin de répondre à
votre propre question, madame, fit Jacques.

Il se tut, dans l'espoir que Clarisse allait
poursuivre un entretien si bien commencé ;
mais, comme elle ne répondit pas, il continua :

— Si un mariage tel que le vôtre n'est dû

qu'à la générosité de l'un des époux, il
indique de la part de l'autre un égoïsme qui
ne saurait donner une bien haute idée de
son amour. Ce n'est pas tout à fait comme
le sacrifice d'un cœur ignorant et ingénu à
un cœur plus expérimenté que je comprends
l'union qui lie indissolublement deux créatures de Dieu. Pour que cette union soit
heureuse, il faut qu'elle ait eu comme fon-
dement un attrait mutuel, un désir commun
d'aller l'un vers l'autre, et, s'il faut tout
dire, un consentement spontané dicté des
deux côtés par une sympathie d'égale ori-
gine.

Ce petit discours, dont les accents éton-
naient Jacques plus encore que Clarisse, car
l'aimable gentilhomme n'était pas accoutumé à traduire des sentiments aussi déli-
cats, eut pour résultat de provoquer les protestations de la jeune femme.

— Et qui vous dit, monsieur, que toutes

ces conditions ne se sont pas trouvées réunies pour me décider à épouser le baron Garnay? demanda-t-elle.

— Vous voudriez me faire croire que vous avez conçu de l'amour pour cet homme au front ridé et aux cheveux gris, répliqua railleusement Jacques, jouant son va-tout et prononçant ces mots avec brusquerie, au risque de voir Clarisse s'éloigner de lui. Je n'ai pas le dessein de vous manquer de respect en disant que je ne vous crois pas. Vous n'avez accepté le nom et la main de celui qui est aujourd'hui votre mari que parce qu'il vous aimait et a osé vous l'avouer, et que vous vous êtes crue engagée à exaucer ses vœux, pour payer d'un seul coup ses bienfaits; mais vous avez subi une contrainte dont votre visage attristé porte si clairement la trace que j'ai deviné votre histoire en un seul instant, en vous voyant là tout à l'heure.

— L'avez-vous toute devinée avec autant

de perspicacité? demanda-t-elle, en essayant de dissimuler son trouble sous l'ironie.

— Tout entière, répondit-il sur le même ton, encouragé par le calme apparent avec lequel elle l'écoutait. J'ai même deviné que vous m'aimez autant que je vous aime.

Une mortelle pâleur se répandit à ces mots sur les traits de Clarisse. Une larme mouilla le coin de ses paupières, et de ses lèvres tomba cette plainte :

— Oh! monsieur, c'est mal!

Mais, en même temps qu'elle était impuissante à contenir ce cri de sa pudeur blessée, son cœur s'agitait sous l'impression de la joie la plus soudaine et la plus vive, provoquée par la déclaration indirecte contenue dans la parole de Jacques et par l'assurance d'être aimée qu'elle venait d'entendre. Oui, son premier mouvement livra son âme à cette joie folle; mais le second fut un mouvement de remords et de crainte, car son imagination lui montra dans une vision rapide tous les maux qu'un instant de faiblesse allait accumuler sur sa vie.

Elle essayait de feindre un calme qu'elle n'éprouvait pas, quand elle vit madame de La Lande-Rocroy s'approcher d'elle, et l'entendit lui dire d'un ton bienveillant et tendre :

— Il y a ici une personne que vous allez rendre bien malheureuse, ma chère enfant, si vous continuez à accaparer le marquis. C'est ma nièce; elle n'a pas comme vous la beauté et la grâce, et elle s'alarmerait des assiduités de M. de Chanzay auprès de vous, car elle se sait incapable de lutter avec la séduisante baronne Garnay.

Et comme le visage de Clarisse disait clairement que ce langage était pour elle une énigme, madame de La Lande-Rocroy reprit en regardant Jacques :

— M. de Chanzay ne vous a-t-il pas dit qu'il allait épouser Caroline de Costigan?

— Oh! rien n'est décidé, madame!
s'écria le marquis sans pouvoir dissimuler
son mécontentement.

Clarisse n'avait pu retenir un geste de
surprise; puis son visage exprima le dédain;
elle se leva, et, sans daigner abaisser son
regard sur Jacques, elle prit le bras de
madame de La Lande-Rocroy en disant:

— Ah! M. de Chanzay doit épouser votre
nièce! Mais je l'ignorais, et je me reproche-
rais éternellement de l'avoir retenu loin de
son bonheur, si je ne le savais homme à
rattraper le temps perdu. Venez, madame,
venez, et laissons-le s'y livrer tout entier.

— Elle se moque de moi, pensa Jacques
en la regardant s'éloigner; mais j'aurai ma
revanche, car j'ai assez avancé mes affaires
pour ce soir, pour espérer qu'elles sont en
bonne voie.

Il rejoignit mademoiselle de Costigan,
dont le visage inquiet se rasséréna dès qu'elle

tint en son pouvoir son volage adorateur.

Clarisse s'était rapprochée de son mari. Debout au milieu d'un groupe d'hommes graves, attentifs à sa parole, Adrien parlait de ses voyages. Elle lui toucha légèrement le bras. Il s'interrompit aussitôt.

— Je voudrais rentrer, lui dit-elle à demi-voix.

Il la vit si pâle qu'il en fut tout bouleversé. Il salua ses auditeurs en s'excusant, et, venant vers elle :

— Qu'avez-vous donc, mon enfant? demanda-t-il avec l'accent de la sollicitude.

— J'ai eu froid, répondit-elle.

Quelques minutes après, elle était dans le vestibule, attendant sa voiture, quand, au milieu du bruyant va-et-vient d'invités arrivant ou se retirant, le marquis de Chanzay lui apparut de nouveau. Elle feignit de ne pas le voir et chercha du regard son mari qui s'était avancé sur le perron de l'hôtel

9.

pour presser ses gens. Mais il ne revenait pas, et Jacques eut le loisir d'aborder Clarisse.

— Permettez-moi de vous tenir compagnie jusqu'à votre départ, madame, dit-il à haute voix.

Elle garda le silence; alors, se penchant, il reprit si bas qu'elle l'entendit à peine :

— Vous savez bien, n'est-ce pas, que ce n'est pas par amour pour mademoiselle de Costigan que je me marie? Elle n'est pas plus faite pour moi que vous n'étiez faite, vous, pour celui dont vous portez le nom. Je l'épouse parce que je suis ruiné, endetté, à bout de ressources, parce qu'on m'oblige à m'assurer une fortune par ce mariage, qui m'est odieux. Mais dites un mot, un seul, et, si vous désirez que je reste libre, je vous sacrifie sans regret mon repos, la dignité de ma vie, tout enfin.

Il avait prononcé ces paroles avec l'ar-

deur de la jeunesse et de l'amour, et Clarisse se sentait de plus en plus enveloppée
dans le traître charme contre lequel elle se
révoltait en vain. Oppressée, brisée, à bout
de force, elle ne trouva pas une parole à
répondre.

— S'il vous en coûte de me parler, reprit
Jacques, manifestez votre volonté par un
signe ; je vous comprendrai.

Elle n'eut pas le temps de lui obéir. Son
mari revenait, et, lui prenant le bras, l'em-
mena sans avoir vu Jacques, qui s'était re-
jeté en arrière. Elle disparut.

— C'est une énigme indéchiffrable, cette
femme, murmura-t-il un peu déconfit, et
voilà bien des efforts perdus... perdus pour
aujourd'hui, car, tôt ou tard, j'en recueil-
lerai le fruit.

Sur cette réflexion philosophique, il allait
partir, quand son regard s'arrêta sur un
objet qui gisait sur le tapis à ses pieds.

C'était une superbe rose thé, fraîchement cueillie, mais dont la chaleur avait hâté l'épanouissement, et dont les pétales se recourbaient à leur extrémité, déjà flétrie. Il la reconnut : elle était tombée du corsage de Clarisse.

XV

Depuis son retour à Paris, Clarisse avait continué à habiter l'hôtel de la baronne Garnay, dans lequel s'était écoulée sa jeunesse. La façade élégante de cet hôtel se déroulait sur le boulevard des Invalides, un peu au delà du Sacré-Cœur. Le jardin, que ses marronniers touffus et ses tilleuls taillés à leur sommet désignaient de loin à l'admiration des passants, touchait d'un côté à celui de la célèbre institution et de l'autre à ceux des habitations voisines, de telle sorte qu'il formait au milieu d'eux une vaste enclave encadrée de toutes parts par leurs ombrages qui rendaient les siens plus épais et plus mystérieux.

La baronne Garnay ne jouissait guère de cette retraite. Pendant l'été, alors qu'elle en aurait apprécié la fraîcheur, elle était loin de Paris; durant l'hiver, elle restait, frileuse, au coin de son feu, se conformant en cela aux règles que le soin bien entendu de leur santé impose aux personnes âgées.

Mais Clarisse, pour qui les mêmes motifs de prudence n'existaient pas, avait contracté, depuis plusieurs années, l'habitude de descendre au jardin par tous les temps. Enfant, elle y passait des heures délicieuses, ayant ses coins préférés, fixant ses jeux ici ou là, selon la saison, se réfugiant sous les quinconces dès que le printemps donnait aux rayons du soleil leurs premières ardeurs, choisissant de préférence pendant les froids les allées découvertes exposées au midi, qui circulaient entre les buis élevés autour de la pelouse.

Lorsque avec le mois d'avril les fleurs commençaient à émailler les gazons et les oiseaux à peupler de leurs nids tapageurs les branches en train de reverdir, elle passait dans cette charmante retraite la plus grande partie de ses journées. Aussi les vieux arbres, les murs penchés sous un manteau de lierre, les berceaux de vigne vierge ou de chèvrefeuille, disposés, çà et là, par la fantaisie du créateur de ce petit paradis lui étaient-ils familiers.

A chaque coin était attaché quelque souvenir de son enfance. Dans un kiosque placé à l'extrémité du jardin, n'ayant pour tout mobilier qu'une table en pierre et un banc formé d'une poutre mal équarrie, elle avait souvent pensé à sa mère et laissé son imagination de jeune fille explorer librement l'avenir. Elle se rappelait un jour notamment où, âgée de quinze ans, elle s'était laissé surprendre en cet endroit par une pluie d'orage et où son cousin étant venu la délivrer, abrité sous un vaste parapluie, l'avait délicatement assise sur son épaule,

ainsi qu'une enfant, afin de préserver ses
pieds de l'humidité. Toutes les fois qu'elle
approchait de cette place, elle se voyait
traversant ainsi le jardin, craintive et rieuse,
portant le parapluie et prenant un malin
plaisir à laisser tomber dans le cou d'Adrien,
qui la provoquait à ce jeu, les larges gouttes
formées à l'extrémité des baleines.

Sur un autre point, aux bords du bassin,
elle avait avec son aide, au commencement
d'un hiver déjà lointain, élevé un homme
de neige, qui était demeuré debout pendant
un mois, sa fragile existence n'étant pro-
tégée que par le manteau de glace brillante
dont le froid couvrait ses épaules. Puis un
matin, en venant, selon son habitude, lui
rendre visite, elle l'avait trouvé aux trois
quarts fondu, et ce qui restait de son corps
piteusement effondré dans la boue du dégel.

Pendant longtemps et jusqu'à son mariage, ces souvenirs, d'autres encore dont

sa mémoire était pleine, eurent pour Clarisse une douceur infinie. Elle se plaisait à les évoquer, à revivre dans le passé dont ils lui rendaient les impressions. Mais lorsque, ayant consenti à devenir la femme d'Adrien Garnáy, elle put apprécier de quel prix onéreux elle avait payé les bienfaits reçus de la baronne et de lui, ces souvenirs perdirent pour elle tout leur charme.

Puis quand, ayant passé trois mois à Saint-Martin, entre ce mari qu'elle n'aimait pas et cette belle-mère à laquelle elle était souvent tentée de reprocher le destin qu'elle subissait, elle rentra privée à jamais de sa liberté et livrée à sa douleur, dans cette maison qu'elle avait quittée naguère libre et pleine d'espoir en l'avenir, elle crut qu'elle ne pourrait plus s'y plaire, et que le jardin où jadis elle était heureuse de rêver lui deviendrait odieux.

Ainsi l'on peut expliquer pourquoi depuis

son retour elle n'y était descendue qu'une
seule fois. Elle redoutait d'y sentir trop
cruellement la comparaison des joies du
passé avec les tristesses du présent.

Cependant, le lendemain du jour où un
hasard fatal l'avait mise en présence de
Jacques de Chanzay, ses pas la portèrent
presque à son insu vers les lieux qu'elle
fuyait. C'était au milieu du jour, après le
déjeuner. Son mari venait de sortir, sa
belle-mère de rentrer dans sa chambre.
Seule, brisée par une insomnie qui avait duré
toute la nuit, désœuvrée ainsi qu'on l'est en
ces instants où l'esprit, dominé par des
préoccupations qui le troublent, se détache
des choses, elle entra dans une serre qui
suivait la salle à manger et s'ouvrait sur le
jardin.

Elle se trouva sur le perron, en descendit
les degrés, et, agréablement surprise par la
douceur de l'air qu'échauffait un radieux

soleil, tel qu'on en voit souvent à Paris à la
fin de l'automne ou aux premiers jours de
l'hiver, elle s'avança dans une allée, goûtant
un bien-être inattendu à respirer l'odeur
des buis et le parfum pénétrant des feuilles
jaunies récemment détachées des branches.

Un grand silence régnait autour d'elle.
Dans ce cadre propice aux réflexions salutaires, elle sentit s'apaiser la violence des
impressions qui s'étaient imposées à elle la
veille et survivaient dans son cœur à l'événement qui les avait provoquées. Sa promenade se prolongeant, elle arriva sous le
kiosque dont nous avons parlé. Elle s'assit
là, et, ayant recouvré peu à peu toute la
lucidité de son esprit, elle voulut le fixer
résolûment sur sa situation, qui méritait
après tout d'être examinée avec un peu de
suite et de sang-froid.

Cet examen eut pour résultat de lui mon-
trer clairement le péril auquel l'exposait

l'entreprise audacieuse tentée contre elle
par Jacques de Chanzay. En se rappelant le
langage qu'il avait osé tenir la veille et la
brutalité avec laquelle il avait tenté de la
séduire, elle sentit s'élever en elle une indignation salutaire. Il lui semblait qu'en la
supposant capable de se laisser surprendre
par la fièvre des sens et de succomber aux
premiers accents de sa voix, Jacques de
Chanzay l'avait méconnue et injuriée.

Elle portait au cœur toute la faiblesse
d'une femme, d'une femme sans expérience,
jetée tout à coup dans une situation critique,
et placée entre ce qu'elle croit être l'amour
et ce qu'elle sait être le devoir. Elle aimait
Jacques, elle n'aimait pas son mari, ce qui
aggravait deux fois les tentations contre
lesquelles elle se débattait; mais, vertueuse
et fière, capable de souffrir et non de déchoir, elle tenait à l'honneur plus qu'à la
vie, et c'était l'erreur de Jacques, — erreur

toute naturelle de la part d'un homme pour
qui n'existait pas la vertu des femmes, —
d'avoir cru que l'amour d'une créature telle
que Clarisse se traduirait par une faute qui
la lui livrerait passionnée et docile, en la
déshonorant.

Or, après avoir pleuré pendant toute la
nuit, après avoir livré son imagination à des
rêves fous, Clarisse, à son réveil, était tombée dans la réalité, et, sa probité naturelle
reprenant le dessus, sa pensée s'était mise
à la recherche des moyens qu'elle devait
employer, non pour se rapprocher de Jacques, mais pour mettre entre elle et lui une
barrière infranchissable. Ce sont ces moyens
qu'elle cherchait encore, quand, assise dans
le jardin silencieux, elle jetait sur sa vie un
regard attristé. Elle se disait que celles qui
n'ont pour lot ici-bas que la souffrance et
les larmes doivent se résigner. Après tout,
puisqu'elle avait consenti à se sacrifier au

bonheur d'Adrien, elle lui devait de persister dans ce sacrifice, de souffrir pour lui,
de travailler à le rendre heureux.

Elle demeura longtemps ainsi, recueillie
et pensive. Bien des réflexions brûlantes
durent traverser son esprit, car souvent son
sang fiévreux monta à ses joues pâles; mais
enfin peu à peu le calme se fit en elle. Elle
se promit de vivre dans la retraite, de fuir
toutes les occasions de rencontrer celui
qu'elle aimait, et de mourir plutôt que de
devenir sa maîtresse. Ces résolutions furent
prises avec une ardeur héroïque par cette
jeune femme de vingt ans, livrée sans défense à une séduction d'autant plus puissante qu'elle trouvait une complicité dans
son propre cœur. Elle eut en ce moment
quelque chose de l'enthousiasme des martyrs.

Si l'analyse des sentiments qui se pressaient dans cette âme candide passe sous les
yeux de lecteurs un peu sceptiques, il est

probable que plus d'un sourira de la confiance courageuse, mais naïve, avec laquelle
Clarisse Garnay organisait la défense de son
honneur, de sa dignité, de son repos, et
inclinera à penser que cet édifice était trop
fragile pour résister longtemps aux tentations qui allaient l'assiéger. On sait ce que
pèsent le plus souvent devant l'emportement
d'une ardente passion ces partis pris de
résistance que la peur du crime et l'horreur
du mal inspirent aux consciences pures, et
combien est brève leur durée. Peut-être le
destin de Clarisse eût été semblable au destin de tant d'autres femmes attachées désespérément comme elle à la volonté de ne pas
déchoir et vaincues un jour par la puissance
d'un violent amour, si Jacques de Chanzay
n'eût pris la peine de détruire lui-même le
prestige dont jusqu'à ce moment il était
resté, malgré tout, revêtu dans cette imagination virginale.

Trompé par la rapidité de ses premiers
succès, s'en exagérant l'influence, incapable
de comprendre quelle nature chaste et vaillante était cette jeune femme dont l'apparente faiblesse seule l'avait frappé, la croyant
faite à l'image de toutes ses victimes, il
accourut auprès d'elle sans qu'elle l'eût
appelé. Il s'imagina qu'en paraissant à ses
yeux avant qu'elle fût remise de ses émotions de la veille, il consommerait sa chute
et achèverait l'œuvre de séduction qu'il
avait entreprise.

XVI

Clarisse se trouvait encore dans le jardin quand on vint lui dire que M. de Chanzay demandait à la voir. Pour la première fois depuis qu'elle était mariée, il se présentait à l'hôtel Garnay, où il n'avait fait antérieurement que de rares apparitions. Elle ne pouvait donc conserver aucune illusion quant aux motifs qui l'amenaient, et qu'éclairait d'un jour singulièrement ardent le souvenir des propos qu'il lui avait tenus la veille au bal de madame de La Lande-Rocroy.

Sa pudeur et sa fierté se révoltèrent d'abord contre cette audace de mauvais goût. Elle fut ensuite tentée de l'excuser en se disant qu'après tout un homme poussé par l'amour a droit à des excuses. Comment croire qu'il obéissait à un autre sentiment que l'amour ?

Après avoir ouvert la bouche pour déclarer qu'elle ne le recevrait pas, elle se sentit dominée de nouveau par ses perplexités et ses angoisses, et finalement elle donna l'ordre de le conduire auprès d'elle, en se promettant de couper court à cette entrevue aussitôt qu'elle la croirait dangereuse.

— J'ai tort de le recevoir ici, pensa-t-elle, pendant qu'on allait le chercher.

Et, tout émue par la solitude dans laquelle elle venait de se laisser surprendre, elle se dirigea vers l'hôtel afin de modifier ses ordres. Mais, avant qu'elle eût fait dix pas, Jacques se trouva devant elle, sémillant et fringant, comme don Juan, l'éclair de la victoire animant déjà son regard, et la boutonnière de sa redingote ornée d'une rose toute flétrie à laquelle Clarisse ne donna pas d'abord grande attention.

Il s'inclina devant elle et la salua respec-
tueusement, contenu dans les règles d'une
stricte politesse par la présence du valet de
pied qui l'avait guidé jusque-là. Puis, quand
cet homme se fut éloigné, quand Jacques
se vit seul avec madame Garnay, il changea
soudain d'attitude et d'accent, et, devenant
presque familier, il dit d'un ton singulièrement fat et prétentieux, comme s'il eût été
pressé d'expliquer sa visite :

— Je n'ai voulu mettre aucun retard,
madame, à vous rapporter la rose qui est
tombée cette nuit de votre corsage.

— Quelle rose, monsieur ? demanda Clarisse surprise et choquée.

— Je vous avais demandé un témoignage
de votre volonté, un gage de vos sentiments,
et quand vous avez été partie, tandis que je
cherchais à comprendre vos désirs, à deviner vos ordres, à savoir si, oui ou non, vous
approuviez mon mariage, j'ai vu sur le tapis,

à la place que vous veniez de quitter, cette fleur que j'avais remarquée attachée aux rubans de votre robe. J'en ai saisi aussitôt le langage, et je viens mettre mon cœur à vos pieds, en amant plus ardent que docile, je vous en avertis, ajouta-t-il en souriant.

Il aurait pu continuer longtemps ainsi sans être arrêté : Clarisse ne l'entendait plus ; la douleur et l'indignation déchiraient son cœur. Cet amour si pur, si beau, par lequel elle avait été tour à tour heureuse et désespérée, se dénouait par une déclaration brutale telle qu'une honnête femme n'en entendit jamais. L'homme qu'elle avait aimé, qu'elle aimait encore, dont elle espérait en d'autres temps faire le compagnon de sa vie et qu'elle n'avait pu perdre sans ressentir un cruel déchirement, apparaissait devant elle comme un vulgaire débauché et profanait en une fois, par sa parole et son regard, tous les rêves auxquels l'imagination de Clarisse l'associait naguère.

Avec une étrange lucidité, elle lisait clairement dans la pensée de Jacques, et, quoique sa chasteté l'empêchât d'épuiser le sens véritable de ce qu'elle entendait et de ce qu'elle voyait, elle en devinait assez pour être émue et troublée, comme si elle eût reçu d'un ami fidèle et cher un outrage ineffaçable.

— Ainsi, dit-elle enfin d'un accent qu'elle s'efforçait de rendre énergique et qui trahissait néanmoins sa douleur, en ramassant cette fleur, en l'interrogeant, vous avez cru que je vous l'avais livrée complaisamment, ainsi qu'une clef destinée à ouvrir à l'adultère la porte de mon foyer. Vous avez cru que je m'abaisserais assez dans la honte pour réaliser la criminelle espérance que vous avez conçue. Vous vous êtes trompé, monsieur. Cette fleur s'est détachée de ma parure à mon insu;

10.

vous la devez à un hasard et non à ma volonté.

Comme elle achevait cette fière réponse, sa douleur fut plus forte que son courage; un flot de larmes jaillit de ses yeux, elle se laissa tomber sur un banc qui se trouvait en cet endroit, et, couvrant son visage de ses mains tremblantes, elle demeura anéantie devant cet écroulement définitif de l'idole de sa jeunesse, devant cette chute profonde de son premier amour, convaincue, hélas! qu'il n'est rien de plus cruel que d'être obligé de cesser d'estimer ce qu'on aime.

Jacques de Chanzay était prêt à tout, sauf à cette résistance qui arrêtait son aventureuse entreprise. Ses plans étaient déjoués, et, bien qu'il se flattât de posséder mieux que personne au monde l'expérience du cœur des femmes, il se trouvait, pour la première fois de sa vie, embarrassé et perplexe quant à la conduite qu'il devait tenir.

Il lui restait, il est vrai, la ressource de se jeter aux pieds de Clarisse et d'implorer son pardon, en attribuant à l'excès de son amour le langage qui l'avait blessée. Il est vraisemblable qu'elle se serait laissé toucher par un cri sincère, et que Jacques ne l'aurait quittée qu'absous et pardonné. Mais il professait en matière de galanterie des idées très-personnelles, à l'application desquelles il devait la plupart de ses succès.

L'une de ces idées consistait à assimiler la femme à une place forte qu'on ne conquiert qu'en l'enlevant d'assaut. Vraies ou fausses, elles le trompèrent ce jour-là, et toute sa science dont il était si fier ne lui servit à rien, si ce n'est à lui faire commettre une grossière maladresse.

Au lieu de s'humilier, de changer de ton, il redoubla de témérité, et c'est avec une stupéfaction douloureuse que Clarisse l'entendit lui dire :

— Eh! madame, si j'ai eu le tort de penser que le don de cette fleur était volon-
taire et de vous parler librement, à qui
devez-vous vous en prendre, sinon à vous-
même? Par votre attitude, hier, ne vous
êtes-vous pas attachée à m'apprendre que
j'avais été assez heureux pour vous plaire?
Je ne connais qu'un moyen de prouver à
une femme qu'on est sensible aux atten-
tions dont elle vous honore, c'est de le lui
dire. Je vous l'ai dit. Est-ce là un si grand
crime?

— Oui, c'est un crime quand cette femme
est mariée! répondit vivement Clarisse.

— Qu'elle soit ou non mariée qu'importe, si elle aime et si on l'aime! Qu'atten-
dez-vous donc de la passion, quand vous
l'interrogez, quand vous la provoquez?
Croyez-vous qu'elle va respecter ce que
vous appelez le devoir, et qu'après l'avoir
déchaînée vous l'arrêterez à votre gré?

Vous parlez de votre mari ? C'est hier qu'il fallait vous souvenir de lui!

Ce fut dit de cet accent qui frise l'impertinence et auquel la fréquentation du turf, du monde galant, des cercles a accoutumé, au grand désespoir des âmes délicates et sensibles, la plupart des jeunes hommes d'aujourd'hui, accent si différent de l'exquise politesse de nos pères, de la vénération que, même dans leurs plus ardents entraînements, ils conservaient pour les femmes. Cet accent, Clarisse ne l'avait jamais entendu. Il la fit éclater en un cri d'indignation et de douleur.

— Hier ! qu'ai-je donc fait hier, monsieur, et en quoi ai-je manqué à ce que je dois à l'homme dont je porte le nom ?

— Ce que vous avez fait ! Je vais vous le dire ! s'écria Jacques, qui durant cette querelle ne perdait pas la tête et poursuivait son but avec un imperturbable sang-froid,

convaincu que la colère de Clarisse se dé-
nouerait par un abattement et un aveu
d'impuissance qui la lui livreraient désar-
mée. Vous étiez belle à faire tourner toutes
les têtes. Vous m'avez regardé de façon à
me bouleverser jusqu'au fond du cœur,
vous m'avez tenu un langage propre à me
faire comprendre que depuis longtemps
vous m'aimiez, et qu'il n'a tenu qu'à moi de
goûter l'ineffable joie de vos caresses, et
que, stupide et aveugle, j'ai passé à côté
de vous sans rien voir au bonheur que vous
me gardiez. Et quand vous me dévoilez
cette vérité à la fois enivrante et cruelle,
quand j'acquiers la preuve que vous m'aimez toujours, quand en ma présence vous
êtes tremblante et sans courage, quand vos
yeux me disent clairement : Je t'appartiens,
vous croyez que je vais me confondre en
regrets, pleurer les biens dont je n'ai pas
su m'assurer la possession, gémir sur ma

destinée! Je ne me le pardonnerais jamais,
et vous-même, quelle que soit à cette heure
votre colère, vous ne me pardonneriez pas
d'avoir cédé si facilement devant elle. Il y
a au-dessus de nous une logique plus forte
que notre volonté. C'est elle qui nous mène
et nous pousse l'un vers l'autre. Nous nous
aimons, et, comme je vous veux, il faudra
bien que vous soyez à moi.

Tandis qu'il parlait, Clarisse avait tenté
de se diriger du côté de l'hôtel; mais ses
efforts étaient devenus vains, et Jacques,
profitant du trouble où la jetaient ses paroles ardentes, n'avait eu aucune peine à la
retenir sous le kiosque, à la place même où
il venait de la surprendre.

Elle était là, toute pâle, affaissée, partagée entre l'horreur du crime auquel M. de
Chanzay faisait des allusions si claires et la
puissance de ses souvenirs qui plaidaient
encore pour lui dans ce cœur qu'il torturait

cruellement, et à qui, malgré tout, il fallait
plus d'un jour pour se détacher de lui.

Mais, quand elle l'entendit parler avec
l'autorité d'un maître et essayer de prendre
ainsi possession d'elle, elle protesta.

— En tenant ce langage qui me blesse,
monsieur, lui dit-elle, vous commettez une
mauvaise action; l'espérance que vous avez
osé concevoir et dont l'expression est une
insulte pour moi ne se réalisera pas, sachez-
le bien, et vous continuez à vous mépren-
dre, si vous croyez que je suis de celles
que, par la séduction ou la force, on arra-
che au devoir. Je suis de celles qui meu-
rent, mais qui ne se déshonorent pas. Oui,
je vous ai aimé, passionnément aimé, reprit-elle, en levant les yeux vers le ciel,
comme pour le prendre à témoin de la sincérité de sa parole. A l'âge où le cœur des
jeunes filles s'éveille à l'amour et ne sait
rien de la vie, j'ai rêvé comme un suprême

bien d'être un jour votre femme, et la gardienne de votre foyer. Quand il était temps encore d'obtenir ma main, vous n'avez pas su découvrir les trésors de tendresse que mon cœur vous gardait. Il est trop tard aujourd'hui pour m'en demander une part. Je ne suis plus libre d'en disposer. Éloignez-vous donc, monsieur; cessez de me voir. Je m'efforcerai d'oublier le mal que vous venez de me faire et qui ne m'empêche pas de vous souhaiter un avenir meilleur que votre passé et plus digne de vous.

En finissant, sa voix altérée et fiévreuse s'affaiblit, et elle vit bien alors, la pauvre affligée, qu'on n'est pas maîtresse de chasser l'amour d'un cœur dans lequel il a régné si longtemps.

Cet accès de faiblesse n'eut qu'une courte durée; mais ce fut assez pour laisser croire à Jacques que la réponse qu'il venait d'entendre était sur les lèvres de Clarisse, mais

non dans son âme, et qu'il parviendrait à
ressaisir cette chaste créature qui tentait de
se soustraire à son désir.

Il se mit à ses pieds d'un mouvement passionné, lui prit les mains, qu'il garda pri-
sonnières dans les siennes.

— Je ne peux vous quitter chargé de
votre courroux, lui dit-il, et c'est trop exi-
ger que je parte après m'avoir fait entendre
de si cruels aveux. Ayez pitié de moi, ne
me fermez pas votre maison; laissez-moi
vivre dans votre ombre. Je serai pour vous
ce que vous voudrez que je sois. Vous me
trouverez soumis à votre volonté...

Elle l'interrompit, et répondit froidement :

— Cela était possible hier encore quand
j'avais la naïveté de croire que vous étiez
capable d'aimer mon âme, et non pas seulement ma beauté, et de vous contenter de
mon amitié; mais aujourd'hui que j'ai vu

de quels appétits est formé votre amour , il ne saurait y avoir rien de commun entre nous.

— Et vous supposez que je vais me résigner à cet arrêt barbare? s'écria-t-il en se relevant. Vous supposez que je vais obéir et me condamner à ne plus vous revoir quand je sais quelle place j'occupe dans votre vie. A mon tour de vous dire que cette espérance ne se réalisera pas. Vous n'aimez pas votre mari; c'est moi que vous aimez, moi que vous venez de conquérir à jamais par vos confidences imprudentes. C'est vous qui avez forgé notre chaîne, et vous ne pouvez plus la briser.

Saisie de terreur en voyant sur les traits de Jacques le feu d'une passion capable de tous les excès, Clarisse, par un suprême effort, se dégaga de ses étreintes. Une table en pierre occupait, nous l'avons dit, le milieu du kiosque dans lequel se déroulait cette violente scène. Madame Garnay se rejeta de l'autre côté de cette table, cherchant à se défendre.

— Je ne vous aime plus, fit-elle, je n'aime que mon mari.

— Osez donc répéter ce mensonge! répliqua Jacques.

Perdant toute raison, il s'élança vers Clarisse, et, la prenant par la taille, il l'attira vers lui. Elle se roidit dans une résistance désespérée; mais le bras qui l'étreignait possédait une vigueur supérieure à la sienne. Elle eut avec une netteté désespérante le sentiment de sa faiblesse. Un cri de désespoir s'échappa de sa bouche. En même temps elle sentit le cœur lui manquer. La pâleur de la mort voila ses joues, sa taille fléchit, et sa tête roula sur l'épaule de Jacques.

Au moment où elle perdait la sensation de la vie, ses yeux eurent le temps de voir un visage enflammé penché sur le sien et des lèvres qui cherchaient les siennes, mais qui n'eurent pas le temps de les effleurer, car au même moment une main vigoureuse s'abattit sur M. de Chanzay, le prit à la gorge, et, lui arrachant sa victime évanouie, l'envoya lui-même rouler à dix pas, meurtri et confus.

Il se redressa furieux, les poings fermés, avide de vengeance; mais il resta immobile, frappé de stupeur. Adrien Garnay était devant lui; il tenait Clarisse et la couchait sur le sol en appuyant sur le banc cette chère tête toute pâlie.

XVII

On a beau être rompu aux émotions les plus violentes, s'être flatté de posséder assez de sang-froid et de présence d'esprit pour les dominer toutes, il en est qui dépassent à ce point ce qu'on avait prévu qu'elles réduisent à rien les énergies les mieux trempées.

Pour la première fois peut-être, Jacques se trouvait impuissant devant une situation qui était son œuvre. Il n'osait ni seconder Adrien dans les soins que ce dernier prodiguait à sa femme, ni lui adresser la parole, ni s'enfuir. Il redoutait d'avoir porté à la santé de Clarisse, sinon à ses jours, un coup funeste. Il comprenait aussi qu'il devait une réparation à l'époux qu'il venait d'outrager, et l'infamie de sa conduite s'accusait dans son esprit en même temps qu'il mesurait l'étendue de sa responsabilité.

Tout à coup, Adrien Garnay tourna vers lui son visage, dont la douleur aggravait visiblement l'expression de tristesse qui lui était habituelle, et lui dit :

— Si vous n'êtes pas le dernier des lâches, éloignez-vous sur-le-champ. Demain mes témoins seront chez vous. J'espère que vous ne me refuserez pas la réparation que vous me devez. J'étais là, en désignant les massifs du jardin, et j'ai tout entendu.

— Alors vous savez que votre femme est innocente, objecta Jacques.

— Elle n'a pas besoin d'être défendue, répliqua durement Adrien. Partez, c'est ce que vous avez de mieux à faire, et demandez à Dieu de la laisser vivre, car, si elle meurt, je vous tuerai.

— Et vous aurez raison, Garnay ; véritablement je ne suis qu'un misérable.

Sur ces mots, il s'enfuit, désespéré, portant le fardeau de sa honte et de ses regrets, doublement malheureux; car, en même temps qu'il se reprochait l'indignité de sa conduite, il se sentait pris d'un invincible amour pour celle à qui il venait dè faire tant de mal et dans l'estime de laquelle il s'était perdu à jamais.

Resté seul devant Clarisse toujours évanouie, Adrien se pencha de nouveau sur elle. Il souhaitait qu'elle recouvrât ses sens sans qu'il eût besoin d'appeler du secours et de mettre ses gens dans la confidence d'un événement auquel la visite et le brusque départ du marquis de Chanzay feraient attribuer, s'il était divulgué, une interprétation malveillante. Ce n'est pas cette syncope qui l'alarmait, elle ne pouvait durer longtemps; mais il redoutait les suites de l'émotion qu'avait subie Clarisse.

La crainte qu'il ressentit mit des larmes dans ses yeux, cette crainte moins encore que la poignante angoisse qui s'était emparée de lui au moment où le plus funeste hasard l'avait fait assister à la fin de la scène qui vient d'être racontée.

Une de ces larmes roula sur le front de Clarisse. Elle ouvrit les yeux, et ses souvenirs lui revinrent aussitôt en même temps qu'elle voyait son mari courbé sur elle avec sollicitude. Un frisson glaça son cœur; elle devina tout ce qui s'était passé; mais une question de son mari la rassura.

— Que vous est-il donc arrivé, ma chère femme? lui demanda-t-il tendrement. Je vous ai trouvée là, privée de connaissance...

En même temps, il l'aidait à se relever. Elle respira, soulagée, pensant que Jacques, épouvanté des suites de sa brutalité, s'était enfui avant l'arrivée d'Adrien, et que ce dernier ne savait rien de cette terrible scène.

11

— J'ai été prise subitement d'un indicible malaise, et j'ai roulé là.

Adrien avait menti pour ne pas l'effrayer. Elle mentait à son tour pour le rassurer. Mais tandis qu'elle n'avait aucun motif pour ne pas ajouter foi à la parole de son mari, lui la prenait en flagrant délit de mensonge. Pourquoi mentait-elle, si elle n'avait rien à se reprocher ?

Il était au-dessus de ses forces de douter de l'innocence de Clarisse. Il la savait pure comme un ange, chaste comme un enfant. Malheureusement, lorsqu'à l'âge d'Adrien on est l'époux d'une belle créature de vingt ans, on est enclin à la défiance et prompt à s'inquiéter de tout ce qui semble menacer le bonheur qu'on lui doit. Ce qu'Adrien avait saisi des paroles échangées entre sa femme et le marquis de Chanzay éveillait pour la première fois ses appréhensions.

Il venait en effet d'acquérir la preuve que

Clarisse avait aimé Jacques, et, encore qu'il
eût surpris la vaillance avec laquelle elle se
défendait contre cet amour, il se demandait
si lui-même régnait maintenant seul dans ce
cœur dont il n'avait jamais suspecté la fidélité. Il espérait encore que Clarisse, mise en
demeure de répondre franchement à ses
questions, dissiperait ses doutes, le rassu-
rerait, lui apprendrait à quels événements
antérieurs était due la visite du marquis
de Chanzay, et si ces événements lui donnaient le droit de parler et d'agir ainsi qu'il
l'avait fait; mais il la voyait si pâle et si faible qu'il n'osa l'interroger en ce moment. Il
se réserva donc de provoquer plus tard une
explication, afin de connaître toute la vérité
et d'être averti si son repos ou son honneur
était menacé.

Puis, sans faire aucune allusion aux
craintes par lesquelles était obsédé son
esprit, il ramena Clarisse dans sa chambre,

sans cesse de lui prodiguer les témoignages de sa sollicitude et de sa tendresse. Il voulut qu'elle se reposât, et c'est seulement quand il la vit étendue sur une chaise longue, commençant à s'assoupir, qu'il se retira. Il entra chez sa mère afin de lui faire part de l'indisposition de Clarisse. Il se contenta de dire qu'en rentrant, il s'était mis à la recherche de sa femme et l'avait trouvée évanouie dans le jardin.

— N'est-ce pas un commencement de grossesse? demanda la baronne à son fils. Je ne m'explique pas autrement ce malaise soudain.

— Ce n'est pas cela, répondit gravement Adrien avant d'avoir réfléchi.

— Qu'est-ce donc? Le sais tu? fit-elle, surprise par l'accent de certitude de cette réponse.

Adrien tenait surtout à ne pas alarmer sa mère. Il comprit que, s'il ne feignait pas de partager l'opinion qu'elle venait d'émettre, il serait hors d'état de lui taire la vérité.

— Non, je ne sais rien, dit-il alors, et peut-être avez-vous raison. Allez auprès de Clarisse, chère maman, interrogez-la, et vous devinerez aisément si vos prévisions sont fondées.

Déjà mise en défiance par ce qu'avait d'étrange l'évanouissement subit et prolongé dont parlait Adrien, la baronne Garnay connaissait trop bien son fils pour se laisser tromper par son calme tout d'apparence. Elle n'eut aucune peine à discerner ses préoccupations; mais elle hésita à lui en demander les causes, et préféra s'adresser à Clarisse.

Elle la trouva accroupie sur le tapis de sa chambre, le front plongé dans les coussins de sa chaise longue qu'elle mouillait de ses larmes, toute défigurée, en proie à un vif désespoir qui avait éclaté aussitôt après le départ de son mari. La baronne l'obligea à se relever, la fit asseoir auprès d'elle, l'entoura de ses bras, et lui dit avec douceur :

— Ma chère petite, j'ignore ce qui s'est passé et t'a mise dans ce triste état; mais je suis sûre qu'il s'est passé quelque chose de grave, et je veux savoir de quoi il s'agit. Une jeune femme est quelquefois tenue de cacher la vérité à son mari, mais à sa mère jamais.

Brisée par les émotions de cette journée, Clarisse était à bout de forces, impuissante à se soustraire à la provocation d'une tendresse ancienne dont elle connaissait l'étendue et la sincérité. Elle ne tenta même pas d'y résister, et son cœur, gros à éclater, versa ses peines dans celui de la baronne. Elle lui raconta toute l'histoire de ses amours, en commençant à l'heure où pour la première fois elle avait vu Jacques de Chanzay, et en finissant par le récit de la scène à la suite de laquelle elle avait perdu connaissance. La baronne l'écouta sans l'interrompre, puis dit :

— C'est donc à M. de Chanzay que tu faisais allusion lorsque je suis venue te demander d'épouser mon fils ? C'est M. de Chanzay que tu aimais ?...

Clarisse répondit affirmativement.

— L'aimes-tu encore ? demanda madame Garnay avec douceur.

— Non, ma mère ; c'est lui-même qui a pris soin de détruire les sentiments que, malgré tout, je lui gardais.

— Et mon fils !...

— Oh ! si c'est aimer son mari que d'être dévouée jusqu'à mourir pour lui ou à se consacrer tout entière à son bonheur, je l'aime bien.

— Ce n'est pas là tout l'amour, objecta tristement la baronne. — Puis, comme

Clarisse se taisait, elle ajouta : — Mon
égoïsme de mère m'a rendue bien coupable
envers toi, ma chère fille; me pardonneras-
tu jamais?

— En quoi êtes-vous coupable, et qu'ai-
je à vous pardonner? — Clarisse, en prononçant ces mots, interrogeait la baronne de
son beau regard innocent et pur. — Ce que
j'ai fait, continua-t-elle, je l'ai fait librement, je le ferais encore si c'était à recom-
mencer. Toute ma vie vous appartenait; en
la consacrant à Adrien, je n'ai fait que lui
rendre ce que je vous devais.

Elle posa son front accablé sur le sein de
sa seconde mère qu'elle étreignit passionnément.

— Tu es digne de trouver ton bonheur, et
tu le trouveras, mon enfant, reprit celle-ci
en mêlant ses larmes à celles de sa bru.
Maintenant que comptes-tu faire?

— Chasser M. de Chanzay de notre

maison, s'il osait y revenir, comme je l'ai chassé de mon cœur.

— Es-tu bien sûre que ton mari ne sait rien ? demanda encore la baronne, révélant par cette question l'inquiétude qui l'oppressait.

— Comment saurait-il ? s'écria vivement Clarisse ; quand il m'a trouvée évanouie, j'étais seule.

— C'est ce qu'il t'a dit, mais ne te cache-t-il pas la vérité ?

— Dans quel dessein ?

— Pour te laisser ignorer ce qui a dû se passer entre M. de Chanzay et lui, si par malheur il l'a rencontré auprès de toi.

Clarisse devint toute pâle, et se leva.

— Mais ce serait un duel alors !

— Je le crains, hélas ! Ton mari, mon enfant, est en proie à une préoccupation qu'il cherche à nous dissimuler, mais qui n'a pu échapper à mon regard accoutumé à

scruter son esprit et son cœur. Cette préoccupation, je l'ai surprise, tout à l'heure,
quand il est entré dans ma chambre, pour
me prier de venir près de toi.

— Je veux savoir la vérité, s'écria Clarisse, à qui les forces revenaient, accrues par
l'anxiété même qu'elle subissait : je cours
nterroger Adrier.

— Garde-t'en bien, dit la baronne; s'il
ne sait rien, si je me suis trompée, ce n'est
pas à toi à lui apprendre ce qu'il ignore.
A-t-il rencontré M. de Chanzay ou ne l'a-t-il
pas rencontré? Voilà ce qu'il nous importe
de savoir; car dans le premier cas nous
avons tout à craindre, tandis que dans le
second notre repos n'est pas menacé.

— Cette angoisse est horrible! murmura
Clarisse, ne pouvant songer sans terreur à
l'hypothèse d'un duel entre Jacques et son
mari.

— Il faut donc y mettre un terme.

— Comment ?

— En questionnant les domestiques.

La baronne appela sa femme de chambre et lui dit en deux mots quels renseignements elle voulait obtenir. Il se trouva que celle-ci pouvait répondre sans interroger personne. Elle avait vu entrer et sortir le marquis de Chanzay, et assura que son départ avait suivi et non précédé le retour de M. Garnay.

Restées seules, la baronne et sa bru se regardèrent épouvantées. Les événements se déroulaient maintenant sous leurs yeux avec une implacable logique ; la vérité leur apparaissait brutalement, et Clarisse pensait avec effroi que, si son mari avait vu le marquis tel qu'elle le revoyait elle-même, dans un souvenir aussi odieux que le souvenir d'un cauchemar, la tenant entre ses bras et cherchant à l'embrasser, tandis qu'elle se débattait désespérément, une altercation

terrible avait dû s'élever entre les deux
hommes, celui qui était outragé demandant
à l'autre une réparation.

— Mais ils ne peuvent se battre! s'cria-
t-elle en s'adressant à la baronne qui tremblait, dominée par la plus douloureuse
émotion.

— Hélas! ma pauvre fille, toi seule peux
empêcher cette rencontre, répondit celle-ci.

— Je l'empêcherai, soyez-en sûre.

Clarisse, sans plus tarder, se dirigea
précipitamment vers la chambre de son
mari. Mais cette chambre était vide; elle
apprit que le baron Garnay venait de sortir
en voiture en donnant l'ordre au cocher de
le conduire chez le colonel de Randan, un
de ses plus chers et plus anciens amis. Le
but de cette visite n'était que trop évident.
Adrien procédait aux formalités prélimi-
naires du duel.

Clarisse fut si troublée qu'elle resta inerte,

la tête perdue, incapable de concevoir un projet propre à prévenir le malheur qu'elle redoutait, c'est-à-dire un combat qui mettrait aux prises l'homme qu'elle avait aimé et celui dont elle portait le nom.

XVIII

Les pressentiments de Clarisse ne l'avaient pas trompée. C'est afin d'aller demander à M. de Randan de lui prêter ses bons offices et de lui servir de témoin qu'Adrien était sorti, en recommandant à son valet de chambre de le rejoindre au domicile du colonel, situé dans le vosinage de l'hôtel Garnay, afin de l'avertir, si quelque complication survenait dans l'état de la jeune baronne.

L'une des qualités d'Adrien, celle qui l'avait le mieux servi durant ses périlleux voyages, c'était l'énergie dans la résolution. Il la poussait parfois jusqu'à la témérité, sans rien perdre de son sang-froid, par lequel il ne se souvenait pas d'avoir été jamais abandonné dans les circonstances critiques de la vie.

Dans celle-ci, qui le surprenait brusquement, en plein bonheur, il se retrouvait tel qu'il avait toujours été, maître de soi, incapable d'éprouver la moindre hésitation alors qu'il s'agissait de tirer de l'outrage fait à sa femme par le marquis de Chanzay une légitime vengeance.

Mais sa décision, exécutée presque aussitôt après avoir été conçue, ne le rendait pas insensible à la douleur qu'il avait ressentie en saisissant sur le vif la preuve qu'il ne régnait pas seul dans le cœur de Clarisse, ou que, tout au moins avant lui, un autre avait occupé une place égale à la sienne dans ce cœur dont il s'était cru jusque-là l'unique maître.

Ce qu'il avait vu et entendu lui donnait, en quelque sorte, la prescience de la vérité, et, quoiqu'il ne doutât ni de l'innocence, ni

de la vertu de celle qui portait son nom,
il subissait une angoisse énervante, parce
qu'il était entraîné à douter de son amour.

Si Clarisse ne l'aimait pas, si elle était
dominée par quelque ancien souvenir doux
et puissant, quel bonheur pouvait-il espérer
désormais? Ce n'est pas tout de s'assurer
la fidélité matérielle de celle qu'on chérit:
sans l'amour, cette fidélité n'est que le
plus précaire des biens.

Ce qui ajoutait à sa peine, c'était la constatation du mystère irritant qui s'élevait
soudain entre Clarisse et lui. Tandis qu'il
se flattait de posséder et de connaître entièrement cette âme candide, voilà qu'elle se
dérobait tout à coup à son action, se révélait inquiète, déjà meurtrie, maladive, tout
autre enfin qu'elle lui était apparue jusqu'à
ce jour. Ces symptômes laissaient planer de
graves préoccupations sur l'avenir, menaçaient le bonheur d'Adrien et l'obligeaient

à se demander si l'atteinte portée à son repos n'était pas irréparable.

C'est rempli de ces pensées, poussé surtout par le désir d'infliger au marquis de Chanzay un châtiment exemplaire, qu'il arriva chez le colonel de Randan, auquel il exposa brièvement le but de sa visite, sans lui révéler la cause réelle de la rencontre en vue de laquelle il faisait appel à son amitié.

M. de Randan ne chercha même pas à la pénétrer. Il savait qu'Adrien Garnay n'était pas homme à tirer l'épée pour un motif futile, et il se contenta des prétextes sous lesquels on lui cachait la vérité ; il fut convenu qu'il s'adjoindrait un second à son choix, avec lequel il se présenterait le même jour chez le marquis de Chanzay. Adrien souhaitait que le combat eût lieu le lendemain, dans les bois qui entourent Versailles.

En quittant son ami il revint seulement

vers sa demeure, moins préoccupé de l'issue de son duel que du sort réservé à son
bonheur et des moyens de deviner ce que
lui cachait Clarisse. Il entra dans l'appartement de sa femme, redoutant de la trouver plus accablée qu'au moment où il l'avait
quittée ; mais elle était debout, et il comprit qu'elle l'attendait, car, en le voyant,
elle courut à lui, prit ses mains, et, le
regardant au fond des yeux, lui dit :

— Vous allez vous battre à cause de moi.
Ne cherchez pas à le nier.

Adrien, bouleversé, ne put répondre que
par une dénégation ; mais Clarisse était
trop sûre de son fait pour se laisser tromper.

— A quoi bon feindre ? demanda-t-elle.
Malgré le mensonge que vous a inspiré le
souci de mon repos, je sais que vous avez
été témoin de l'insulte que m'a faite M. de
Chanzay.

— Alors vous ne pouvez être surprise

que je lui aie demandé une réparation?

— Non, car je connais votre courage ;
mais j'ai le devoir de vous dire qu'il ne
peut y avoir de rencontre entre M. de
Chanzay et vous.

— Pourquoi donc ? s'écria le baron
Garnay avec hauteur. Quel devoir vous
impose cette déclaration et vous pousse
entre l'homme qui m'a outragé en vous
outrageant et ma légitime vengeance ?

A cette parole irritée, Clarisse devina le
soupçon qui venait de mordre le cœur de
son mari.

— Il n'est pas une femme affectionnée à
celui dont elle porte le nom qui ne soit prête
à faire ce que je fais, répondit-elle doucement. Je ne saurais permettre, ajouta-t-elle
en enveloppant Adrien d'un regard suppliant, que vous exposiez vos jours pour
châtier un acte de folie dont celui qui l'a
commis se repent déjà.

— Son repentir n'efface pas l'injure. Il faut du sang pour l'effacer.

— Et si c'est le vôtre qui coule! objecta-t-elle en joignant les mains.

Cette prière, en se prolongeant, fortifia les soupçons d'Adrien et lui arracha ces mots :

— Pour qui tremblez-vous? Est-ce pour M. de Chanzay? Est-ce pour moi?

En entendant son mari proférer cette accusation déguisée, Clarisse éprouva une commotion violente. Elle devint toute pâle et murmura :

— Comme vous me parlez! Vous ne m'avez jamais parlé ainsi! Me croyez-vous coupable?

— Je sais que vous avez aimé M. de Chanzay; je me demande si, malgré tout, vous ne l'aimez pas encore, et si, en essayant d'empêcher un duel que moi je juge nécessaire, vous ne songez pas à protéger ses jours autant qu'à protéger les miens.

Un flot de larmes jaillit des yeux de Clarisse.

— Oh! c'est mal! fit-elle d'une voix brisée. Je jure que je ne pensais qu'à vous! Et cependant, serais-je coupable si j'avais conçu la volonté de désarmer votre bras, alors que vous avez pour adversaire un homme qui jadis me fut cher, comme vous m'êtes cher aujourd'hui?

— Vous avouez donc!...

— J'avoue que, lorsque j'étais libre, j'ai nourri l'espérance d'épouser M. de Chanzay. N'était-ce pas mon droit?

— Oui, c'était votre droit, répondit Adrien, dont le ressentiment tomba devant la franchise de Clarisse. Mais vous auriez dû comprendre, devenue ma femme, qu'il était au moins imprudent de recevoir dans l'intimité l'homme que vous êtes tenue d'oublier.

— Et savez-vous comment il s'est introduit ici? J'étais seule; il en a profité pour

12.

m'imposer sa présence et ses aveux. Par la
scène dont vous avez été témoin, jugez de
la violence de ses procédés.

— Vous voyez bien que c'est un misérable,
et qu'il mérite le châtiment que j'entends lui
infliger.

— Mais si c'est vous qui êtes frappé !
répéta Clarisse, horriblement agitée. Adrien,
je vous supplie de renoncer à ce combat.
L'outrage que vous voulez punir ne m'a pas
même effleurée. Le coupable a compris qu'il
est condamné à ne plus me revoir. Il ne
reviendra pas dans cette maison ; nous ne le
rencontrerons sans doute jamais. A quoi
bon vous battre contre lui, quand il n'est
plus nécessaire de me défendre ?

Adrien ne put retenir un geste d'impatience.

— Assez, Clarisse, dit-il ; n'essayez pas
de soustraire M. de Chanzay à ma colère.
Sinon, vous me contraindrez à croire que

vous l'aimez encore, et que c'est pour lui que vous avez peur.

Cette insinuation, qui revenait pour la seconde fois sur les lèvres d'Adrien, déchaîna dans le cœur de Clarisse un accès de révolte.

— M'est-il donc interdit de vouloir préserver votre vie? s'écria-t-elle; ne puis-je le faire sans m'exposer à des soupçons si blessants? A l'insulte que j'ai reçue tout à l'heure, allez-vous en ajouter une autre, dix fois plus cruelle, venant de vous? Oui, j'ai aimé M. de Chanzay, continua-t-elle, exaltée, ardente à se justifier devant son mari; mais, en ce temps, aucune loi divine ou humaine ne m'interdisait de choisir librement l'élu de mon cœur.

— Il valait mieux alors vous refuser à moi.

— Et m'a-t-on laissé la liberté de le faire?

— La liberté! Qui donc a enchaîné la vôtre?

— Votre mère !

— Adrien regarda Clarisse avec stupéfaction. Mais elle continuait :

— Oui, votre mère ! Elle n'a pas ignoré
l'espoir que j'avais conçu et l'amour qui
s'était élevé dans mon cœur. Elle a néanmoins plaidé pour vous, afin d'obtenir mon
consentement, et quoiqu'elle sût que ma
tendresse pour vous, fondée sur une éternelle reconnaissance, était toute fraternelle,
elle m'a annoncé que vous m'aimiez, non en
frère, mais en amant, que vous m'aimiez à
en mourir si je refusais de vous entendre.
Alors, sans hésiter, j'ai voulu payer d'un
seul coup vos bienfaits... Depuis ce jour,
m'avez-vous entendue me plaindre ? N'ai-je
pas été une épouse dévouée et fidèle ? Est-il
une heure où vous ayez eu lieu de douter
de moi ? C'est que je ne sais point faire les
choses à demi, et que le jour où j'ai eu mis
ma main dans la vôtre, je me suis consi-

dérée comme vouée entièrement à votre
félicité.

Ce récit, qui résumait l'histoire de Clarisse, éveillait dans le cœur de son mari,
en y jetant un étonnement douloureux, les
souvenirs les plus attendrissants. Il se rappelait les preuves d'affection qu'elle lui
avait prodiguées, son dévouement, la sérénité sous laquelle elle cachait une douleur
dont il mesurait maintenant l'étendue.

Comprenant alors l'abnégation héroïque
qu'elle avait mise à s'immoler, il se reprochait
son propre égoïsme, son amour aveugle qui,
sans rien voir, rien deviner, rien entendre,
s'était emparé de cette créature exquise,
éclatante de jeunesse et de grâce, pour
l'associer à sa précoce vieillesse.

Il fut effrayé de son œuvre, et, dans un
rapide retour sur sa conduite, il se trouva
si misérable et si faible qu'il courba le front
devant Clarisse, en prononçant ces mots :

— Pardonnez-moi d'être votre époux !

— Devenez-vous fou ? s'écria-t-elle.

— Vous devriez me haïr, continua-t-il sans répondre, car je suis désormais un obstacle à la réalisation des vœux que vous aviez formés...

— Et auxquels je ne songe plus, je vous le jure.

— Pour moi, j'affirme, et c'est ma seule excuse, que lorsque j'ai eu l'ambition de vous épouser, lorsque j'ai fait ce rêve insensé sans penser à mon âge, au vôtre, à mes cheveux gris, à mes rides, à tout ce qui me séparait de vous et aurait dû borner mon ambition à la joie de vous aimer comme mon enfant, je vous croyais libre...

— Et je le sais bien, reprit-elle, en l'entourant de ses bras; de quoi vous défendez-vous?

— D'avoir brisé votre vie, fit-il en se dégageant.

— Si c'est là votre crainte, apaisez-vous, car aujourd'hui je ne regrette rien.

— Et moi qui vous accusais ! Ah ! Clarisse, oublierez-vous jamais cette heure maudite où j'ai douté de la fidélité de votre ten-dresse ?...

— J'oublierai tout, je pardonnerai tout, répondit-elle avec une effusion caressante, mais à une condition, c'est que vous renoncerez à vous battre.

Adrien fit un geste de refus.

— Ne me demandez pas ce renoncement, s'écria-t-il ; il est au-dessus de mes forces. L'homme dans les bras duquel je vous ai vue inanimée et dont les lèvres allaient toucher les vôtres quand je vous ai arrachée à ses étreintes ne peut échapper à mon ressentiment.

— Mais s'il vous tue ! fit Clarisse affolée par cette réponse. — Et comme il laissait échapper un mouvement de défi, elle reprit

plus doucement : — Si vous le tuez, serons-
nous plus heureux? Son sang ne sera-t-il
pas entre nous?

— Vous voyez bien que vous l'aimez
encore! dit Adrien, sans colère, mais écrasé
par la douleur.

— Je n'aime que vous, et vous me punis-
sez bien cruellement de vouloir vous éviter
un remords, de vouloir me l'éviter à moi-
même....

— Eh bien, je verrai, je réfléchirai, répli-
qua-t-il, obéissant moins à une conviction
qu'au désir de mettre un terme à cette scène.
Il est bien tard pour arranger l'affaire ; mes
témoins sont en ce moment chez M. de
Chanzay... Mais enfin, si la rencontre peut
être évitée...

Il s'interrompit, saisit brusquement Clarisse entre ses bras, l'embrassa sur le front
et s'enfuit sans achever sa phrase.

XIX

Clarisse ne tenta ni de suivre son mari ni de le retenir. Elle avait épuisé les moyens de le désarmer.

Cependant elle resta debout, résolue à accomplir sa tâche, trouvant en elle, en ce moment de détresse, une énergie qu'elle ne se soupçonnait pas.

Ce n'est pas seulement pour Adrien qu'elle tremblait. La pensée qu'il pouvait être tué ne lui était pas moins odieuse que la pensée de le voir devenir le meurtrier du marquis de Chanzay. Elle les voulait tous les deux sains et saufs, résolue de ne pas les laisser se battre, dût-elle se jeter entre eux pour les séparer.

Le sentiment du péril qu'ils couraient l'un et l'autre lui inspira le dessein de continuer

13

auprès de Jacques l'effort qu'elle venait de
tenter sur son mari, sans en rien obtenir
qu'une promesse conditionnelle. Elle se résigna à lui écrire. D'une main tremblante,
elle traça les lignes qu'on va lire :

« Si, lorsque vous m'avez parlé de votre
amour, vous étiez sincère, vous refuserez de
vous rencontrer avec mon mari. Comment
vous y prendrez-vous pour vous soustraire
à des exigences que votre conduite a rendues
intraitables ? Je l'ignore ; mais vous compren-
drez qu'un duel est impossible entre l'homme
qui me fut cher et celui dont je porte le nom,
et vous l'éviterez à tout prix, sans attendre
de votre effort une autre récompense que le
témoignage de votre conscience. »

Elle envoya ce billet chez M. de Chanzay ;
et attendit avec angoisse le dénoûment de
la crise subitement ouverte dans sa vie.

Pendant ce temps, Adrien s'entretenait
avec sa mère, et lui arrachait l'aveu des

moyens auxquels elle avait eu recours pour
décider Clarisse à devenir la femme de son
fils. Il apprenait avec une surprise mêlée de
terreur que le consentement de celle-ci était
un acte de résignation et de dévouement,
l'œuvre de la reconnaissance, et non l'œuvre
de l'amour.

— Mais alors, s'écria-t-il tout à coup,
j'ai causé le malheur de sa vie.

— Ne dis pas cela, mon enfant, répondit
la baronne ; Clarisse, comme toutes les jeunes
filles, a eu son roman ; mais aujourd'hui
elle l'a oublié, elle t'aime et ne songe plus
qu'à ton bonheur.

— Je voudrais vous croire, mais je n'y
peux parvenir. Ah ! ma mère, qu'avez-vous
fait ? Il fallait m'arrêter, m'ouvrir les yeux,
me démontrer qu'il était ridicule, à quarante
ans, de vouloir épouser cette enfant. Il fallait
me dire qu'elle aimait M. de Chanzay. Je me
serais sacrifié...

— Et tu aurais souffert...

— Puis-je être heureux maintenant?...

Il ne continua pas et coupa court à cet entretien, dominé par la crainte d'affliger sa mère, dont la santé compromise et le grand âge exigeaient des ménagements.

Le soir arriva et trouva les habitants de l'hôtel Garnay en proie aux plus cruelles anxiétés. Le dîner fut triste et silencieux. La baronne et Clarisse étaient obsédées par la peur d'un événement tragique, et cette peur, aucune d'elles n'osait la manifester. Quant au baron Garnay, ses traits contractés, ses regards attristés révélaient à sa mère et à sa femme sa douleur, faite de regrets et de remords.

Comme on quittait la table pour passer dans le salon, le maître d'hôtel vint prévenir Adrien que le colonel de Randan et une autre personne l'attendaient dans son cabinet. Adrien sortit précipitamment. Les deux femmes se regardèrent, et les yeux de la baronne exprimèrent une terreur si poignante que Clarisse eut pitié d'elle. Elle lui prit les mains d'un tendre mouvement filial et dit :

— N'ayez aucune crainte. Votre fils ne court aucun danger.

Puis elle s'élança au dehors, monta au premier étage, et, collant son oreille à la porte du cabinet d'Adrien, elle écouta. Le colonel de Randan parlait.

— M. de Chanzay refuse absolument de se battre, mon cher, disait-il. Nos efforts pour lui démontrer qu'il ne pouvait se soustraire à la réparation qu'il te doit ont été vains : « On m'a vu trop souvent l'épée à la main, nous a-t-il répondu, pour qu'il vienne à la pensée de qui que ce soit de m'accuser d'être un lâche. Mon orgueil n'est donc pas plus en jeu que mon honneur. Mais en serait-il autrement et dût-on flétrir ma conduite, je refuserais toute rencontre avec M. Garnay.

J'ai eu des torts graves envers lui : je les reconnais et suis résigné à lui présenter les excuses qu'il exigera; mais je n'ajouterai pas à ces torts celui de m'exposer à le blesser ou à le tuer. — Il peut vous injurier publiquement, vous contraindre à lui rendre raison , ai-je objecté. — Dans ce cas, j'irai sur le terrain, a repris M. de Chanzay; mais je ne me défendrai pas. » Il nous a été impossible de rien obtenir de plus.

—Que me conseillez-vous alors? demanda Adrien à ses témoins.

— Nous te conseillons d'accepter les excuses de ton adversaire, répondit le colonel de Randan.

— Mais ou ces excuses ne voudront rien dire, ou elles aggraveront, par la publicité qu'on leur donnera, l'injure que j'ai reçue.

— Alors restons-en là. Nous allons rédiger un procès-verbal que tu mettras dans tes archives.

Clarisse n'en entendit pas davantage, et s'enfuit heureuse, le cœur allégé. Elle rejoignit la baronne.

— Ne pleurez plus, dit-elle. Ils ne se battent pas.

En même temps elle raconta ce qu'elle avait fait, et répéta ce qu'elle venait d'entendre.

— Ma fille! ma chère fille! murmura la baronne en la pressant dans ses bras, tu te venges noblement.

— Je me vengerai bien mieux encore, répliqua Clarisse en essayant de sourire. Je vais maintenant aimer votre fils avec passion.

Quand Adrien rentra au bout de quelques instants, il trouva les deux femmes assises au coin du feu. Elles levèrent vers lui un regard déjà rassuré, mais ne l'interrogèrent pas. Il s'assit entre elles, et ils restèrent là, tous les trois, causant de choses étrangères aux émotions de la journée, dans un calme profond, à la douceur duquel il était accoutumé, mais qui ne parvint pas ce soir-là à dominer les appréhensions déchaînées en lui à la suite des confidences qu'il avait reçues. Entre Clarisse et son mari se dressait le souvenir du marquis de Chanzay. Vainement il tentait de le chasser.

— C'est lui qu'elle aime, pensait-il; moi, elle me subit.

Plein de cette pensée, il ne voyait dans chaque tendre parole de sa femme qu'un effort nouveau propre à le tromper. Il se disait qu'elle n'était pas sincère, qu'elle voulait lui taire sa souffrance et ses regrets.

Cette abnégation dont il croyait recueillir les preuves lui semblait intolérable, le torturait et l'écrasait par la comparaison qu'il était entraîné à établir entre l'égoïsme dont il s'était rendu coupable en épousant Clarisse et le courage qu'elle révélait en feignant de l'aimer.

La défiance prenait racine dans son esprit; il le comprenait et en demeurait épouvanté, assistant, le sourire aux lèvres, une large plaie au cœur, à l'écroulement de ses espérances, si vivaces la veille, brisées maintenant par les événements auxquels il venait d'assister.

Vers onze heures, la baronne Garnay se retira après avoir embrassé ses enfants. Clarisse, qui avait accompagné sa belle-mère jusqu'à la porte du salon, revint sur ses pas et s'arrêta devant son mari. Elle venait à lui disposée aux effusions qui pensent les meurtrissures de l'âme et qui ramènent la confiance et la tendresse entre des époux un moment divisés.

En la voyant devant lui, dans tout l'éclat de sa beauté, accrue ce soir-là par ce qui survivait d'agitation et de fièvre à tant

13.

d'émotions violentes, Adrien fut tenté de la prendre entre ses bras. La veille encore, il l'eût fait. Ce soir-là, il se sentit arrêté par une puissance plus forte que son amour. Il se leva et dit brusquement :

—Soyez heureuse. Le duel n'aura pas lieu.

Sans laisser à Clarisse le temps de lui répondre, il lui souhaita une bonne nuit et sortit. Elle goûtait une joie trop vive pour remarquer l'étrange empressement qu'il mettait à la fuir ni pour en être alarmée.

Et puis, elle ressentait une lassitude physique, accrue par le soulagement même que lui causait l'issue de ces funestes complications. Maintenant que ses craintes étaient apaisées, son énergie tombait, ainsi qu'une arme inutile et trop lourde. Pressée de se livrer à un repos nécessaire, elle gagna sa chambre, accablée par la fatigue, mais débarrassée de toute inquiétude et déjà dominée par le sommeil.

XX

Les jours suivants ne rappelèrent en rien
celui qui venait de s'écouler et dont Clarisse
devait conserver un éternel souvenir. Elle
remarqua seulement que son mari restait
moins longtemps qu'autrefois auprès d'elle.
Il passait de longues heures hors de chez
lui. Elle ne le voyait plus qu'au moment des
repas. Il lui arriva même, à deux reprises,
de sortir dès le matin et de ne rentrer que
le soir.

D'abord, elle ne se préoccupa point de cet
abandon si contraire aux prévenances et aux
soins auxquels Adrien l'avait accoutumée.
La solitude lui plaisait; elle s'y remettait
peu à peu des secousses qu'elle avait subies.

Elle y prenait, en vue de l'avenir, es
résolutions salutaires. Elle se plaçait en

face du souvenir de M. de Chanzay : elle
jugeait cet homme, sa conduite; elle se
donnait à loisir les raisons qui devaient
le lui faire oublier et la ramener, apaisée, à
son mari, seul dispensateur légitime du
bonheur qu'elle avait le droit de demander
à l'amour.

Mais, quand cette solitude eut épuisé son
influence et complété son œuvre d'apaisement, elle devint pesante à Clarisse, qui
s'aperçut alors du vide causé par les absences de son mari. Elle le surveilla plus
attentivement et ne put se dissimuler qu'il
fuyait sa présence, sans que d'ailleurs elle
relevât dans sa parole un trait susceptible
de lui faire croire qu'il ne l'aimait plus autant que par le passé.

Sur ce point, son inexpérience mit en défaut sa perspicacité. Le mal qu'elle ne
voyait pas était exceptionnellement grave,
car, emporté par l'excès même de son

amour, Adrien avait conservé des événements que nous avons racontés. la conviction qu'il était un obstacle au bonheur de
Clarisse, un embarras dans sa vie. Il se
disait maintenant que fidèle à M. de Chanzay, quoique incapable de manquer à son
devoir, elle ne pouvait avoir pour lui-même
d'autre sentiment que la compassion et la
pitié.

— Elle me paye la dette de sa gratitude,
se disait-il sans cesse, et voilà tout.

Et dans toutes les actions de sa femme,
destinées à manifester la tendresse, dans
son langage, dans ses caresses, dans ses
sourires mêmes, il ne voyait plus qu'un
effort pour le rendre heureux, un effort qui
la brisait, la martyrisait et faisait d'elle la
plus infortunée des femmes.

Emportée par une pensée si cruelle,
l'imagination d'un homme tel que le baron
Garnay, ardent et épris, devait aller jus-

qu'aux conséquences extrêmes d'une passion déçue. En quelques jours, Adrien avait poussé si loin ses scrupules qu'il agitait dans sa conscience la question de savoir s'il ne devait pas disparaître et mourir pour rendre à Clarisse la liberté d'épouser le marquis de Chanzay.

Elle ne se doutait guère de l'objet de ses préoccupations, et il fallut l'incident le plus imprévu pour lui apprendre jusqu'où peuvent aller le dévouement et le désespoir de certaines âmes.

Un soir, en se mettant à table, Adrien annonça à sa mère et à sa femme qu'il était tenu de se rendre au Havre le lendemain. Il s'agissait, à l'en croire, d'accompagner une commission de savants que le ministre de l'instruction publique envoyait aux États-Unis et de présider à son embarquement.

Le prétexte était si plausible que Clarisse

ne conçut aucune inquiétude et ne soup-
çonna pas le dessein qu'il cachait.

— Combien durera votre absence? demanda-t-elle.

— Quelques jours seulement.

— Emmenez-moi; ce serait charmant,
ce voyage à deux.

Cette proposition le troubla; mais il se
remit vite, et reprit :

— Vous emmener! vous n'y songez pas,
Clarisse. Je ne quitterai pas mes collègues
jusqu'au moment de leur départ. Que
ferais-je de vous pendant ce temps? Et puis
ma mère ne peut rester seule.

— Vous avez raison. Je n'insiste pas.
Mais revenez-nous bientôt, sinon j'irai
vous rechercher. Savez-vous que c'est la
première fois que vous m'abandonnez?
ajouta-t-elle; ne vous y accoutumez pas.
Vous m'écrirez, n'est-ce pas?

Pendant la soirée, Adrien fut plus expan-

sif qu'il ne l'avait été durant les jours précé-
dents. Il causa longuement avec sa femme,
mettant dans son langage une douceur grave
et profonde qui la charmait, et lui prodi-
guant tour à tour des conseils et des éloges
qui témoignaient à la fois de sa sollicitude et
de son ardent amour. Parfois il se levait
pour l'embrasser, se mettait à ses pieds,
timidement, demandant pardon de son audace, et Clarisse éprouvait une émotion
indicible en le voyant se faire humble et
petit devant elle.

Sans être à même d'apprécier l'étendue
de la science de son mari, elle connaissait
la grande situation qu'il occupait dans le
monde savant, les services qu'il avait rendus à son pays, et bien des fois, alors qu'elle
croyait ne pouvoir jamais l'aimer autrement
que d'une tendresse filiale ou fraternelle,
elle s'était dit qu'après tout c'était un dé-
dommagement bien enviable d'être la femme

d'un homme célèbre, universellement admiré et respecté.

Ce soir-là, devant l'adoration contenue dont elle était l'objet, à peine remise des émotions fiévreuses qu'elle devait au brutal égoïsme de Jacques de Chanzay, jouissant d'un repos salutaire rendu plus précieux par ces émotions mêmes, elle sentait son âme se fondre sous les accents éloquents qu'elle entendait et que l'amour arrachait à ce cœur vaillant, rempli d'elle, plus digne qu'aucun autre d'être payé de retour.

Pour la première fois, la constance et la grandeur de la passion qu'elle avait allumée lui donnaient d'elle une idée plus haute, la rendaient fière et portaient le dernier coup à l'idole des jours passés. Elle ne se souvenait plus de Jacques que comme du héros d'un mauvais rêve.

Telles étaient les dispositions de son esprit lorsque son mari la quitta, après avoir mis dans ses adieux la passion la plus vive. Elle dormit, cette nuit-là, heureuse et rassérénée.

A son réveil, elle fut prise d'un violent désir de revoir Adrien, qui lui rendit son absence à peine tolérable et lui dicta, quelques heures après qu'il fut parti, la lettre la plus tendre, la meilleure, la mieux faite pour ramener en lui le calme et l'espoir.

Le lendemain du départ de son mari, Clarisse fut debout dès le matin; elle attendait des nouvelles de l'absent. Arrivé la veille au Havre, il avait dû lui écrire aussitôt. Dans son impatience, elle envoya deux fois sa femme de chambre chez le portier, afin de savoir s'il n'était pas arrivé de lettres pour elle.

Enfin on lui en remit une. Elle s'en empara comme d'un trésor, s'enferma dans son appartement, afin que la joie qu'elle se

préparait à goûter ne fût pas troublée, et
elle lut ce qui suit :

« Ma chère femme, quand vous recevrez
cette lettre, je serai sur le point de m'em-
barquer pour les Étas-Unis. En me séparant
de vous hier, je n'ai pas eu le courage de
vous faire l'aveu d'une résolution que je
n'ai prise. définitivement qu'après y avoir
réfléchi pendant plusieurs jours et avoir
acquis la certitude que vous ne pouviez être
heureuse tant que ma vie pèsera sur la
vôtre. Mais, au moment de l'exécuter, je
vous dois compte de ma conduite, car vous
ne comprendriez pas pourquoi je m'éloigne,
si je ne vous disais toute la vérité.

« Notre mariage, ma chère enfant, a été
une lourde faute et une grande erreur,
erreur et faute dont je suis seul coupable,
et dont seul je dois porter la responsabilité.

« Entraîné par l'amour que votre beauté,
votre jeunesse et vos vertus m'ont inspiré,

j'ai eu le tort d'oublier que des biens si
précieux et si rares ne sont pas destinés aux
hommes de mon âge; que lorsqu'on est
vieilli et usé, on ne saurait en jouir paisi-
blement, quelque ardeur de cœur que l'on
conserve encore, et que, malgré l'étendue
de ma tendresse, je ne pourrais jamais vous
la faire partager.

« Ce tort inexcusable s'est aggravé d'une
circonstance que j'ignorais en vous épousant, et qui m'a révélé, quand je l'ai apprise,
quel mal involontairement je vous ai fait.
Non-seulement vous ne m'aimez pas, mais
encore vous en aimez un autre qui, malgré
tout, vous est resté cher, et dont le souvenir s'impose à vous avec une persistance
invincible. Aussi avez-vous dû bien des fois
me maudire, Clarisse, quand je vous appor-
tais mes caresses. Il vous a fallu, pour me
tromper au point de ne rien me laisser
deviner d'un si cruel supplice, une admi-

rable énergie que vous n'avez pu puiser que dans votre gratitude et dans votre loyauté.

« Pour moi, lorsqu'un incident récent est venu me révéler la vérité, j'ai compris qu'un grand devoir s'imposait à moi, celui de vous délivrer et de briser la chaîne qui entrave votre liberté et écrase votre cœur.

« Vous délivrer ! briser cette chaîne ! comment ? Je ne le pouvais qu'en m'éloignant. J'ai résolu de m'éloigner.

« Dans quelques heures, j'aurai quitté la France pour n'y pas revenir, pour aller retrouver le seul champ de bataille où mon nom et mon passé me laissent le droit de chercher la mort. Le déchirement qui s'est fait en moi en vous quittant, les fatigues auxquelles je vais m'exposer, me permettent d'espérer que le trépas ne se fera pas attendre, et qu'un jour prochain vous apprendra que j'ai cessé de vivre. Alors vous serez libre, libre d'épouser celui que vous aimez.

« Je vous chéris ardemment, ma Clarisse. J'ai été heureux tant que je me suis cru maître de votre cœur; mais, maintenant que je le sais à Jacques de Chanzay, le bonheur ne m'est plus permis. Vos efforts pour me l'assurer, vous ne pouvez plus me les cacher; je les verrais, et ils me rendraient la vie odieuse, car je verrais aussi le martyre que vous endureriez. Il vaut donc mieux que je meure. Je vous fais avec une joie inexprimable le sacrifice de ma vie, et je vous recommande ma mère... »

Arrivée à ce point de cette lettre, Clarisse ne put achever. Elle se leva effarée, suffoquée, courant vers la porte afin d'aller se jeter aux pieds de la baronne Garnay, de lui apprendre cette catastrophe et de chercher avec elle le moyen de prévenir l'acte héroïque et fou qu'annonçait Adrien; mais

elle s'arrêta soudain. Allait-elle imposer à
sa belle-mère une angoisse égale à la sienne ?

— Il faut le sauver, se dit-elle, nous
sauver tous ; car, s'il meurt, je ne lui sur-
vivrai pas, et la baronne pas davantage.

Son parti fut bientôt pris. Elle appella sa
femme de chambre.

— M. le baron m'attend au Havre, lui
dit-elle ; nous partons par le premier train.

Elle donna ses ordres en vue de ce voyage,
puis elle sortit, courut au bureau du télé-
graphe et expédia à son mari une dépêche
ainsi conçue : « Vous ne pouvez réaliser votre
projet sans m'avoir entendue. Cette dépêche
ne me précède que de quelques heures. »

Elle espérait que ce cri arriverait assez
tôt à Adrien pour l'empêcher de s'embar-
quer. Elle se disait aussi que la lettre qu'elle
lui avait écrite la veille, lettre dans laquelle
elle avait mis toute sa tendresse et qui
s'était croisée avec celle qu'elle venait de

recevoir, aurait suffi à modifier ses projet,
si toutefois il l'avait reçue; mais, en même
temps qu'elle essayait de se payer de ces hypothèses, une angoisse déchirante l'obsédait,
la faisant passer tour à tour d'une espérance
précaire au découragement le plus amer.

Elle ne rentra chez elle que pour prendre
congé de la baronne, à qui elle parvint à
cacher son trouble, et qui crut au prétexte
qu'elle allégua pour expliquer son départ.

Enfin, à une heure de l'après-midi,
l'express du Havre l'emportait, haletante et
désolée, à la poursuite de son mari.

Il faut renoncer à décrire ses émotions
durant ce voyage, qui lui parut long comme
un siècle. Lorsque, vers le soir, une voiture de place, dans laquelle elle s'était jetée
en arrivant au Havre, l'arrêta devant l'hôtel
que son mari, avant de quitter Paris, lui
avait désigné comme celui où il devait descendre, son cœur battait avec une violence

qui étranglait sa voix dans sa gorge. Elle put à peine prononcer le nom d'Adrien.

— C'est M. le baron Garnay que vous désirez voir? lui demanda la personne à qui elle s'était adressée et qui fut émue par sa pâleur autant que par sa beauté.

—Oui, mon mari, répondit-elle défaillante.

— M. le baron est dans sa chambre, madame; on va vous y conduire.

A ces mots, qui la délivraient du plus horrible doute, les forces qui la soutenaient depuis quelques heures l'abandonnèrent tout à coup; elle vit comme à travers un nuage les objets qui l'entouraient danser autour d'elle; puis un voile s'étendit sur ses yeux, et elle s'affaissa lourdement sur le plancher.

Lorsqu'elle recouvra ses sens, elle était couchée dans une chambre d'hôtel. Le premier visage qui s'offrit à ses regards fut celui d'Adrien penché sur le sien, exprimant l'inquiétude et baigné de pleurs. D'un

14

mouvement passionné, elle l'étreignit, l'obligea à s'appuyer sur sa poitrine soulevée. Puis, d'une voix affaiblie qu'il crut être la voix d'une autre femme, tant elle était caressante et tant étaient doux les sentiments qu'elle exprimait pour la première fois, Clarisse murmura :

— N'avais-tu pas compris que je t'aime, insensé, que je n'aime que toi, méchant! Que faut-il pour te le prouver, et douteras-tu encore de moi ?

Il ne put répondre autrement que par des larmes, larmes de joie auxquelles Clarisse mêla les siennes, car elle comprenait bien, comme il le comprenait lui-même, qu'ils allaient enfin et à jamais être heureux par l'amour.

FIN.

PARIS. — TYPOGRAPHIE DE E. PLON ET Cⁱᵉ, RUE GARANCIÈRE, 8.

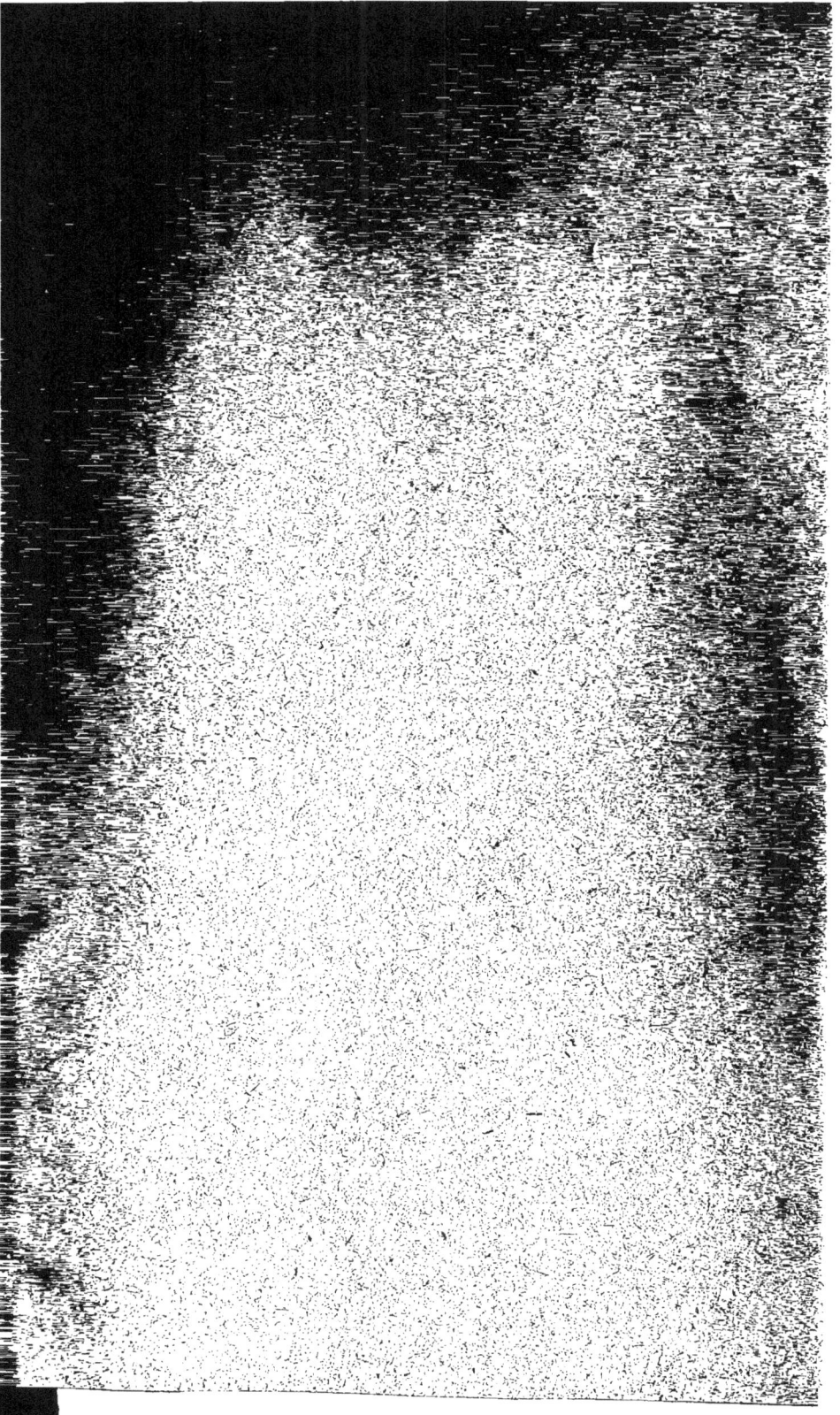